Thomas Dellenbusch

KOPFKINO

Unglaubliche Welt
Sammelband 1

Die Deutsche Nationalbibliothek verzeichnet diese Publikation in der Deutschen Nationalbibliographie. Detaillierte bibliographische Daten sind im Internet über http://www.dnb.de abrufbar.

Thomas Dellenbusch „Unglaubliche Welt"
KopfKino Sammelband 1
2. Auflage 2016
1. Auflage 2013
Alle Rechte vorbehalten
Lektorat & Satz: KopfKino-Verlag
Covergestaltung: coverandbooks / Rica Aitzetmüller
Umschlagmotiv:
ktsdesign @123rf.com sowie andreiuc88 & Panos / Fotolia.com

ISBN: 978-3-00-041930-0

Ebenfalls erschienen
Thomas Dellenbusch „Herzenssachen"
KopfKino Sammelband 2
ISBN 978-3-9816987-2-5

KopfKino-Verlag
Thomas Dellenbusch
Gluckstr. 10
D-40724 Hilden

www.MeinKopfKino.de

THOMAS DELLENBUSCH

KOPFKINO
Unglaubliche Welt

4 Mystery-Erzählungen

Über KopfKino:

KopfKino, das sind berührende, nachdenkliche oder auch spannende Geschichten in **Spielfilmlänge**. Ihre ungefähre Lesezeit liegt zwischen 60 und 180 Minuten.

Sie eignen sich daher wunderbar für all die vielen kleinen zeitlichen Zwischenräume, die das Leben hat: für die Reisezeit in Bahn, Bus, Auto oder Flugzeug, für die Stunden im Wartezimmer, beim Friseur, im Café, für den Nachmittag im Freibad oder am Strand, vor dem Schlafengehen oder einfach so für zwischendurch, um circa zwei Stunden unterhaltsam zu füllen.

Da ihre Lesezeit ungefähr der Länge eines Spielfilms entspricht, eignen sie sich auch hervorragend, um sie sich gegenseitig vorzulesen und den Fernseher einmal ausgeschaltet zu lassen. Lassen Sie sich von Fernseher und Leinwand nicht das ganze Vergnügen abnehmen.

Genießen Sie Ihren eigenen Film auf der größten Kinoleinwand der Welt: Ihrer Fantasie!

Jede Erzählung ist als eBook und als Hörbuch erhältlich, viele auch als Taschenbuch.

Informieren Sie sich regelmäßig auf
MeinKopfKino.de
über Neuerscheinungen, die Autoren, Termine für Lesungen, Hintergründe, oder laden Sie sich einzelne Geschichten als eBook oder Hörbuch herunter.

Inhalt

Vorwort

von Michael Meisheit
Drehbuchautor »Lindenstraße«

»Da entsteht bei mir direkt ein Film im Kopf!«

Ein Ausspruch, den ich aus meiner Arbeit als Drehbuchautor sehr gut kenne. Er fällt meistens dann, wenn ich mit Kollegen zusammen sitze und neue Geschichten für Serien oder Filme entwickle. Jemand hat eine Idee, sagt ein paar Sätze, und alle wissen: Ja, daraus kann man eine wunderbare Geschichte machen. Denn es sind nicht nur Sätze, sondern Bilder, die sofort entstehen. Man hat vor Augen, wie die gerade erdachte Figur handelt. Wie sie lacht, liebt oder schießt. Man sieht die fertige Szene im Kopf. Alle Leute im Raum sind plötzlich gemeinsam im Kino der eigenen Fantasie.

Genau dies erhebt Thomas Dellenbusch mit seiner neuen Reihe »KopfKino« zum Prinzip. Im vorliegenden ersten Band finden sich gleich vier Geschichten, die durch präzise und spannende Beschreibungen das Kino im Kopf besonders lebendig werden lassen. Erst recht, wenn man sie vorliest. Denn das ist die besondere Idee bei »KopfKino«: Nicht selbst lesen, sondern gegenseitig vorlesen. Dem Kino im Kopf noch mehr die Möglichkeit geben, die eigene Filmrolle laufen zu lassen. Das Lesen zum Gemeinschaftserlebnis machen. Und wenn die eigene

Stimme keine ganze Geschichte lang trägt, reicht man den Text einfach weiter. Ein Gruppenerlebnis ganz nah am Text. Ein bezaubernder Gedanke für einen Autor - das hat mich von Anfang an für diese Idee eingenommen.

Entführt wird man in dem Band »Unglaubliche Welt« in sehr unterschiedliche Geschichten, die eines eint: Spannung von der ersten Minute an! Dazu kommen überraschende Wendungen und immer eine gute Portion Mystery, so dass die Zuhörer manches Mal staunen werden. Mehr werde ich hier nicht verraten. Viel lieber will ich nun den Vorhang öffnen und den Vorlesern zurufen:

»Film ab!«

Michael Meisheit
Berlin, im April 2013

Der Weichensteller

Die elfjährige Tochter einer bekannten Popsängerin wird entführt. Der Leiter der sofort eingerichteten Sonderkommission ist zunächst ratlos. Als er eines Abends mit seinem besten Freund beim geliebten Backgammonspiel sitzt, erkundigt sich dieser nach Einzelheiten des Falles. Dann unterbricht er das Spiel und versucht vorsichtig, seinem ermittelnden Freund ein Geheimnis zu offenbaren ...

Sebastian Gruhn öffnete die Tür seines Kühlschrankes und entnahm ihm eine Flasche Bier. In wenigen Minuten sollte die Übertragung des Pokalhalbfinales beginnen, und Gruhn freute sich schon den ganzen Tag auf dieses Spiel. Er hatte die Fußstütze seines Fernsehsessels bereits hochgeklappt und außerdem auf dem Sessel eine Wolldecke zum Zudecken bereitgelegt. Noch lief die Tagesschau, und die markante Stimme des Sprechers war auch hier in der Küche noch zu hören. Soweit er einzelne Worte verstehen konnte, war von einer Kindesentführung die Rede.

Gruhn stellte die Flasche auf die Arbeitsplatte und öffnete sie wie gewöhnlich mit dem Feuerzeug aus seiner Hosentasche. Jetzt fehlte nur noch die unverzichtbare Dose mit Erdnüssen. Als er auch diese öffnen wollte, vernahm er aus dem Fernseher laut und deutlich die Stimme seines besten Freundes Martin.

Er stellte die halb geöffnete Erdnussdose wieder ab und ging zurück ins Wohnzimmer. Tatsächlich! Martins breites Gesicht füllte fast den ganzen Bildschirm. Lediglich die bunten Mikrofone vor seinem Mund waren am unteren Bildrand noch zu sehen. Dann fuhr der Kameramann den Ausschnitt etwas zurück, so dass auch Martins Oberkörper im Bild erschien. Sebastian Gruhn musste lächeln. Sie hatten seinem Freund für die abzugebende Presseerklärung eine Polizeiuniform angelegt, mit zwei goldenen Sternen auf jeder Schulterklappe. Und das war falsch, so gut war auch Gruhn über polizeiliche Rangabzeichen informiert.

Einerseits war Martin Osterkorn Kriminalrat und besaß überhaupt keine Uniform mehr und andererseits hätte ein Kriminalrat, wenn er denn eine besäße, nur einen goldenen Stern auf den Schulterklappen. Die, die Martin vor den Kameras trug, war die eines Polizeioberrates. Offenbar waren sie der Meinung gewesen, Martin solle vor den Kameras eine Uniform tragen, um seinen Worten noch mehr Gewicht zu verleihen und eine Ratsuniform schien wohl so schnell nicht zur Hand gewesen zu sein. Martin stand vor dem Polizeipräsidium, und es war noch hell. Die Bilder waren vermutlich am heutigen Nachmittag aufgezeichnet worden. Gruhn hörte zu, was sein Freund vor laufenden Kameras sagte.

»... kam das Mädchen am Sonntag Nachmittag von einer Geburtstagsfeier nicht nach Hause. Frau Bucher wird in ihrem Anwesen polizeilich und psychologisch betreut und möchte derzeit aus verständlichen Gründen keine eigenen Erklärungen abgeben.«

Unter Martins Gesicht wurde sein Name eingeblendet und die Information, dass er der Leiter der eingerichteten Sonderkommission »Jessica« ist. In der oberen linken Ecke des Bildes blendeten sie das Porträt der Popsängerin Stefanie Bucher ein. Jetzt hatte Sebastian Gruhn begriffen. Bei dem entführten Kind handelte es sich offensichtlich um die Tochter der berühmten Sängerin, die hier in einer noblen Vorortvilla wohnte. »Haben die Entführer sich schon gemeldet?«, fragte eine weibliche Reporterstimme.

»Ja, bei der Polizei ging ein Schreiben der Entführer ein.

Über den Inhalt möchte ich derzeit aus ermittlungstaktischen Gründen noch nichts sagen. Nur soviel, dass noch keine konkrete Forderung aus dem Schreiben hervorgeht. Ungewöhnlich ist jedoch, dass die Entführer sich direkt an die Polizei wendeten. Üblicherweise werden die Angehörigen kontaktiert mit der ausdrücklichen Aufforderung, die Polizei nicht einzuschalten. In diesem Fall ist es überraschenderweise anders herum. Frau Bucher wurde nicht selbst angeschrieben, sondern direkt und ausschließlich die Polizei. Das ist, wie gesagt, ungewöhnlich.«

Sebastian Gruhn ging zurück in die Küche, um seine Erdnüsse und die offene Flasche Bier zu holen. Dann machte er es sich in seinem Fernsehsessel gemütlich, schlug die Wolldecke um seinen Körper und ließ in Vorfreude auf das nun kommende Fußballspiel den abschließenden Wetterbericht geduldig über sich ergehen. Das Spiel war eine einseitige Angelegenheit. Der Favorit führte kurz vor Schluss deutlich mit 4:1. Es waren nur noch wenige Minuten zu spielen, als sein Telefon klingelte.

»Gruhn?« - »Ich bin es, Martin.«

»Hi! Ich habe Dich in der Tagesschau gesehen.«

»Ja, dann weißt Du ja Bescheid. Ich werde in nächster Zeit viele Überstunden machen müssen und weiß daher nicht, ob ich es Freitag zu unserem Backgammonabend schaffe.«

»Habe ich mir schon gedacht. Passiert halt.«

»Aber wie wäre es mit jetzt? Ich mache gleich

Feierabend, dann übernimmt mein Stellvertreter die Nacht. Und nach diesem Tag könnte ich noch ein wenig ablenkende Unterhaltung vertragen, bevor ich ins Bett gehe. Was hältst Du davon?«

»Martin, ich kann nicht mehr fahren. Ich habe das Spiel gesehen und drei Flaschen Bier getrunken.«

»Ich hole Dich auf dem Heimweg ab und bringe Dich auch später wieder zurück. Komm, lass Dich nicht anbetteln.«

»Okay, aber eines sage ich Dir: Die Einsätze bleiben schön niedrig. Ich verdiene nicht so viel wie Halil oder Achmed.«

Gruhn und Osterkorn kannten sich seit dem Abitur, und sie teilten seit Jahren mit dem Backgammonspiel ein gemeinsames Hobby. Während Martin Osterkorn der Polizei beitrat, studierte Sebastian Gruhn Geschichte. Er arbeitete als wissenschaftlicher Mitarbeiter unter seinem älteren Bruder, Prof. Dr. Uwe Gruhn. Dieser hielt den Lehrstuhl an der geschichtswissenschaftlichen Fakultät der hiesigen Universität. Martin Osterkorn war im Februar 44 Jahre alt geworden, Sebastian würde es im September werden. Er hoffte, dass sein Freund nicht wieder bis tief in die Nacht würde spielen wollen. Es war Mittwoch, und er musste am nächsten Morgen wieder in die Universität.

Martin hatte ihn, wie angekündigt, abgeholt. Sie fuhren schweigend durch die Stadt und bogen zuguterletzt in die Verdistraße ein, in der Martin wohnte. Seit ihn seine Frau vor drei Jahren verlassen hatte, lebte er allein in dem frei stehenden, ehemals gemeinsamen Haus. Es war schon von Weitem zu erkennen an dem extravagant gestalteten Garagentor. Die Garage war, wie bei allen Häusern dieser Straßenseite, direkt an das Haus gebaut und verfügte über einen internen Durchgang ins Hausinnere. Das Tor hatte Martin vor einigen Jahren von einem professionellen Graffittikünstler gestalten lassen. Es handelte sich um eine fotorealistische und perspektivische Grafik. Sie zeigte das Innere einer Garage mit Regalen an den Wänden, gestapelten Reifen, und im Zentrum stand ein feuerroter flacher Ferrari F40.

Martin hatte tatsächlich einmal einen älteren, gebrauchten Ferrari als Zweitwagen für sonnige Sommertage besessen. Keinen F40 natürlich, sondern ein vergleichsweise preiswertes Modell. Sebastian wusste nicht mehr genau, was es war, aber es war schon etwas älter, und Martin konnte sich damit, im Gegensatz zu einem sündhaft teuren F40, seinen Traum von einem Ferrari durchaus erfüllen.

Nach der Scheidung jedoch, belastet von der nunmehr alleinigen Verantwortung für die Haushypothek und den Unterhaltszahlungen an Monika, hatte er sich vernünftigerweise dafür entschieden, sich von seinem überflüssigen Luxustraum zu trennen. Jetzt kamen sie in einem einfachen Seat Leon hier an. Martin parkte den Wagen am Straßenrand. Die beiden Männer stiegen aus.

»Warum fährst Du nicht in die Garage?«

»Die steht voller Gerümpel. Ich habe am Wochenende den ganzen Keller ausgemistet und warte auf den

Sperrmüll. Komm!«

Die Freunde betraten das Haus und begaben sich ins Wohnzimmer. Vor der großen Fensterfront zum Garten stand die bequeme Eckcouch, auf der Sebastian schon oft nach durchzechter Nacht geschlafen hatte. Sie aber setzten sich nun an den großen Esstisch, der neben der Wohnzimmertür an der Wand stand. Martin öffnete den Schrank und holte eine Flasche Wein und seinen Backgammonkoffer heraus.

»Denk dran, Du musst mich noch nach Hause fahren«, warf Sebastian in den Raum, als sich Martin anschickte, die Flasche zu öffnen.

»Sollte ich ein Glas zu viel trinken, zahle ich Dir ein Taxi oder Du schläfst hier und ich bringe Dich morgen vor dem Dienst in die Uni«, entgegnete sein Gastgeber in einem Ton, der keinen Widerspruch duldete.

Dann legte er den Backgammonkoffer auf den Tisch und die beiden begannen damit, die Ausgangsstellung aufzubauen. Es war ein teurer Kingsize-Koffer, handgearbeitet aus Leder, die Spielfelder fein säuberlich in die Spielfläche eingelassen, so dass es keine Kanten gab, an denen die Steine bei billigeren Fabrikaten oft hängen blieben. Gespielt wurde mit besonders großen Steinen, die wunderbar schwer in der Hand lagen. Als sie fertig aufgebaut hatten, legte Sebastian sein Würfelpaar zunächst noch einmal zur Seite. Er dachte über etwas nach und sah seinem Freund dann in die Augen.

»Sie haben noch nicht gesagt, was sie wollen? Die Entführer, meine ich.« Martin füllte zwei Gläser Wein.

»Doch, haben sie. Aber das konnte ich im Fernsehen noch nicht sagen. Und ich fürchte, das wird eine ernste Geschichte.«

»Was meinst Du mit »ernste Geschichte«? Ist nicht jede Entführung ernst?«

»Nicht jede Entführung ist gleich ernst. Ich meine, nicht jeder Entführer ist gleich gefährlich. Hier allerdings haben wir es mit Profis zu tun, die wir absolut ernst nehmen müssen. Sie wollen kein Geld, denn das ist registriert. Sie wollen Goldbarren im Wert von einer Million Euro. Das sind 40 Kilogramm Gold, verstehst Du? Und Gold kannst Du nicht markieren, weil man es einschmelzen und verarbeiten kann. Das Problem ist, dass Du nicht mal eben so an Goldbarren kommst. Für die Sängerin sind eine Million Euro vielleicht nicht das große Problem, aber Du kannst nicht mit einer Million in die Bank gehen und mal eben so 40 Kilogramm Goldbarren kaufen. Es wird schwierig, das zu besorgen. Und die Entführer scheinen nicht die meiste Geduld zu haben.«

»Wieso?«

Der Kriminalrat lehnte sich erschöpft in seinem Stuhl zurück und legte seine Würfel, die er die ganze Zeit in seiner Handfläche hat gegeneinander rollen lassen, nun ebenfalls zur Seite.

»Sie haben den Erstkontakt mit einem großen Umschlag begonnen. Darin war das Schreiben, aber auch Jessicas Haarschopf in voller Länge. Das Labor hat bestätigt, dass es von ihr ist. Sie schreiben, wenn wir nicht pünktlich reagieren, befände sich im nächsten Päckchen etwas, was nicht nachwachsen wird.«

»Mein Gott. Wie alt ist die Kleine?«

»Elf.«

Sebastian nahm einen Schluck Wein.

»Was für eine Todesangst muss sie jetzt haben ...«

Martin schaute auf die Tischplatte und nickte betroffen.

»Wurde sie denn nicht von Sicherheitsleuten abgeholt?«

Martin winkte ab.

»Die Kinder von Michael Jackson vielleicht, aber die allermeisten Prominentenkinder wachsen ohne ständige Securitybegleitung auf. Wie ganz normale Kinder. Und das ist auch gut so, damit sie sich auch wie normale Kinder entwickeln können.« Martin nippte nun auch an seinem Glas, dann fuhr er fort: »Wenn sie ihr bis jetzt noch nichts angetan haben, wird sie zumindest bis zum Wochenende sicher sein. Wir sollen unsere Antwort in einer Kleinanzeige am Samstag unterbringen. Bis dahin dürfte ihr eigentlich noch nichts passieren.«

»Was wisst ihr über die Entführung an sich?«

»So gut wie nichts. Jessica war am Sonntag auf der Geburtstagsfeier einer Freundin in der Goethestraße. Die hat sie um 18.00 Uhr verlassen, um nach Hause zu gehen. Es sind nur zehn, maximal fünfzehn Minuten Fußweg, aber sie kam nicht zu Hause an. Ihre Mutter hat sie am selben Abend noch vermisst gemeldet. Wir haben Sonntag und Montag alle Menschen befragt, die auf der Strecke wohnen. Nichts. Keiner hat etwas gesehen oder gehört. Wir haben alle Bekannten und Verwandten abgeklappert. Nichts. Freunde von ihr, alles. Wir sind die umliegenden Wälder und Grünanlagen sofort mit einem Hubschrauber mit Wärmebildkamera abgeflogen. Nichts. Allerdings haben wir ihr Handy geortet. Es lag in einem Gulli im Studerweg, an der Ecke zur Heinrich-Heine-Straße. Und am Dienstag kam dann der Umschlag im Präsidium an.«

Sebastian rieb sich die Schläfen und danach die inzwischen müden Augen. Dann stand er langsam auf und ging ans andere Ende des Wohnzimmers. Er stellte sich vor die Terrassentür und schaute in die schwarze Nacht hinaus. Er sah dabei in die Augen seines eigenen Spiegelbildes und überlegte.

»Was ist los?«, unterbrach Martin seine Gedanken.

Sebastian drehte sich um, presste zunächst seine Lippen aufeinander und schien mit sich zu kämpfen. Dann ging er zurück zum Spieltisch und setzte sich wieder. Der Kriminalbeamte verfolgte dabei jeden seiner Schritte und musterte seinen Blick. Dann sprach ihn Sebastian an, und seine Worte waren sehr leise, ja fast heiser, so als ob es ihn Kraft koste, sie loszulassen.

»Vielleicht kann ich Euch helfen«, sagte er.

Es war fast ein Flüstern.

Martin Osterkorn wurde skeptisch.

»Was meinst Du damit?«

Sebastian Gruhn kratzte sich im Nacken, dann rieb er sich den Nasenrücken. Es bereitete ihm offensichtlich große Schwierigkeiten, sich seinem Freund gegenüber zu offenbaren.

»Martin, ich kann etwas, was Du als übersinnlich bezeichnen würdest. Außer meinem Bruder weiß auch niemand davon. Und mit dieser Fähigkeit könnte ich Euch eventuell helfen. Aber das muss unter uns bleiben. Ich darf in dem Fall nicht auftauchen, sonst ist mein Leben nicht mehr sicher.«

Martin Osterkorn kniff die Augen zusammen und lehnte sich zurück. Es war plötzlich äußerst still im Raum, und Sebastian sah ihn fast ängstlich an.

»Du hast doch nichts mit der Sache zu tun, Basti?«

»Nein, natürlich nicht.«

»Also was ist es? Komm, raus damit. Kannst Du hellsehen oder was?«

»Naja, so etwas Ähnliches.«

Martin beugte sich vor und stützte sich auf seine Ellenbogen.

»Ist das jetzt ernst oder was? Ich finde es nämlich nicht lustig.«

Sebastian sah ihm in die Augen.

»Martin, ich kann mit meinem Bewusstsein wandern. Und zwar, um genau zu sein, in der Zeit.«

Martin verschränkte seine Arme vor der Brust.

»Ich verstehe nicht ...«

»Ich eigentlich auch nicht, Martin. Ich weiß nicht, warum ich das kann, aber ich kann es schon, seit ich ein Kind war.«

»Ja, aber was kannst Du? Ich habe es nicht verstanden. Was soll das heißen, mit dem Bewusstsein zu wandern?«

Sebastian deutete auf die Couch.

»Wenn ich mich hinlege und dabei entspanne, kann ich mich selbst in eine Art Trance versetzen, verstehst Du?«

Der Polizist lachte kurz auf und prostete seinem Freund mit dem Weinglas zu.

»Soweit klar. Andere brauchen das hier dazu oder ein

wenig Gras. Wenn Du das ohne schaffst, kommst Du immer schön billig davon.« Jetzt lachte er laut über seinen eigenen Scherz, aber Sebastian lachte nicht mit. Er knetete konzentriert seine Unterlippe, sah seinen Freund unruhig an und wartete, bis dieser registrierte, dass es ihm ernst war.

»Okay, entschuldige. Also, Du kannst Dich in Trance versetzen. Und weiter?«

»Ich will es nicht zu kompliziert machen. Ich kann mein Bewusstsein und meine Wahrnehmung dann von meinem Körper abkoppeln, okay?«

Martin kniff skeptisch die Augen zusammen.

»Hör mir einfach zu, Martin, danach kannst Du es von mir aus immer noch als Quatsch abtun, okay?«

»Ich bin ganz Ohr ...«

Sebastian vernahm sehr wohl einen etwas süffisanten Unterton in Martins Worten, aber er fuhr mit seiner Erklärung fort.

»Also, wenn ich das tue, verliert mein liegender Körper tatsächlich das Bewusstsein. Er ist dann bewusstlos. Ich aber kann dann mein abgekoppeltes Bewusstsein in eine andere Daseinsebene verlagern.«

»Andere Daseinsebene ...? Ich will ja nichts sagen, Basti, aber ...«

»Vielleicht hast Du schon einmal etwas von Paralleluniversen gehört, über die die Physiker seit Jahren debattieren?«

»Ja, das habe ich. Und ..?«

»Ich weiß, dass es sie gibt, weil ich mich in ihnen bewegen kann.«

»Soso ..., Du kannst Dich also in Paralleluniversen bewegen. Sprich weiter.«

Sebastian verzog genervt den Mund.

»Ich mache Dir einen Vorschlag, Martin. Ich erkläre es Dir, und Du hörst weiter zu ohne Deine spöttischen Kommentare. Und wenn ich zu Ende erklärt habe, biete ich Dir an, Dir mit dieser Fähigkeit in Deinem Entführungsfall zu helfen. Und wenn es sich dann herausstellt, dass Dein bester Freund völlig den Verstand verloren hat und wirres Zeug faselt, dann hast Du von mir aus die offizielle Erlaubnis, mich für immer damit aufzuziehen. Aber bis dahin schenkst Du mir erst einmal das Vertrauen, das ich eigentlich von einem besten Freund erwarten würde. Egal wie unrealistisch das klingt, was ich Dir erzähle, okay?«

Martin Osterkorn sah seinen Freund lange an, ohne etwas zu sagen. Dann lehnte er sich in seinem Stuhl zurück, verschränkte die Arme vor der Brust und nickte einmal. Gruhn erzählte weiter.

»Nimm einmal für einen Moment an, es gäbe tatsächlich unendlich viele Parallelwelten. Viele davon sind der Welt ähnlich, die wir hier und jetzt wahrnehmen. Andere sind anders. Ich bin weder Theologe, noch Philosoph und auch kein Physiker, aber ich habe das Gefühl, die Existenz von Parallelwelten ist nur dadurch erklärbar, dass das gesamte Dasein in Wirklichkeit geistiger Natur ist. Ich stelle mir vor, dass es einen großen universellen Geist gibt, der permanent alle denkbaren Möglichkeiten in seiner Vorstellung parallel durchspielt.«

»Du sprichst von Gott, oder?« warf Martin ein.

»Ich weiß es nicht, Martin. Aber es ist wahrscheinlich einfacher für uns, 'Gott' dazu zu sagen. Der springende Punkt für mich ist jedoch, dass die ganze Welt das Produkt eines großen universellen Bewusstseins ist, dass sich etwas vorstellt. Und alles, was existiert, ist Teil dieser Vorstellung und damit Teil dieses Bewusstseins. Dein und mein Bewusstsein sind Anteile dieses einen großen Bewusstseins, welches immer damit beschäftigt ist, sich parallel alle möglichen Geschehnisse, Abläufe und Kausalzusammenhänge vorzustellen. Kannst Du mir folgen?«

Sein Gegenüber schüttelte langsam den Kopf und sagte: »Ja ...«

»Gut. Aus irgendeinem Grund, den ich selber nicht kenne, hat mein Bewusstsein eine stärkere Verbindung zu dem Ganzen als Dein Bewusstsein oder das von allen anderen Menschen, die ich kenne. Trotzdem stoße auch ich an Grenzen. Ich kann mein Bewusstsein zwar von meinem hiesigen Körper abkoppeln und es in eine der anderen Welten verlagern, aber immer nur in mein eigenes, jeweils dort lebendes Ich. Ich kann mich also in die Wahrnehmung eines anderen Sebastian Gruhn versetzen, aber ich kann mich nicht in die Wahrnehmung einer anderen Person versetzen. Jener kleine Teil des großen universellen Bewusstseins, den ich jetzt mal der Einfachheit halber als die Bewusstseinseinheit Sebastian Gruhn bezeichne, bleibt auch immer die gleiche Einheit. Ich bleibe also bei einer solchen Wanderung immer der, der ich bin. Aber es ist bei einer solchen Wanderung egal, wann ich bin. Verstehst Du? Ich kann mein Bewusstsein also in die Wahrnehmung eines vergangenen Sebastian Gruhn versetzen, selbst wenn dieser zu diesem Zeitpunkt Elisabeth Kümmel heißt und 1848 als Magd in Berlin lebt.«

»Jetzt wird es aber ein bisschen arg fantastisch, meinst Du nicht?«

»Ich weiß, Martin. Trotzdem ist es wahr.«

»Gut. Aber ohne das jetzt kommentieren zu wollen, was Du mir da erzählst, verstehe ich trotzdem noch nicht, wie Du uns mit dieser Fähigkeit helfen willst.«

»Das ist doch offensichtlich, Martin. Ich muss mich ja nicht in die Wahrnehmung meiner Elisabeth Kümmel ins Jahr 1848 versetzen. Ich kann mich aber in die Wahrnehmung meines Sebastian Gruhn von letztem Sonntag versetzen. Verstehst Du jetzt?«

»Nicht so ganz, Basti. Was soll das nützen?«

»Du sagst doch, Jessica hätte um 18.00 Uhr von der Goethestraße bis zur Wilhelmshöhe laufen wollen und auf diesem Weg sei sie von Unbekannten entführt worden.«

»Ja ...«

»Na also! Ich könnte mich in den vergangenen Sonntag zurückversetzen und in der Goethestraße auf sie warten. Dann verfolge ich sie möglichst unbemerkt und kann beobachten, wer sie wo und wie entführt. Vielleicht kann ich den Entführern mit meinem Wagen sogar folgen und sehen, wo sie sie hinbringen. Nun, was sagst Du?«

Der Polizist schloss seine Augen und rieb mit Daumen und Zeigefinger seine Lider gegen seine Augäpfel. Dann sagte er, ohne seine Augen wieder zu öffnen:

»Basti, ganz abgesehen davon, dass ich Deine Geschichte für reine Fantasie halte, was Du mir hoffentlich nachsehen wirst, aber wenn sie wahr wäre, wäre es dann nicht sinnvoller, die Entführung einfach zu verhindern, statt sie erneut geschehen zu lassen?«

»Das kann ich leider nicht.«

»Warum nicht?«

»Weil ich mit meiner Bewusstseinswanderung eine neue Parallelwelt erzeuge. Ich verlagere mein Bewusstsein zwar in den Körper des Sebastian Gruhn von letztem Sonntag, aber in der Sekunde, in der ich in seiner Wahrnehmung angekommen bin, verändere ich den Strang. Ich stelle sozusagen eine neue Weiche in eine neue Parallelwelt. Wenn ich also dafür sorgen würde, die Entführung zu verhindern, dann wurde sie nur in jener Zukunft verhindert, die ich mit meiner Wanderung neu erzeugt habe. Wenn ich aber dann von meiner Wanderung in den hier bewusstlos liegenden Körper zurückkehre, hat sich in unserem Strang der Zeit und der Welt nichts geändert. Ich kann in unserem Strang nichts verändern, verstehst Du? Wenn ich mich an einen vergangenen Punkt zurückversetze, erzeuge ich sofort einen neuen Strang. Aber in jenem Strang, in dem Du auf die Rückkehr meines Bewusstseins wartest, ändert sich nichts.«

»Aber wenn das ein ganz anderer Strang ist, in den Du zurückgehst, dann sind das womöglich andere Entführer als die, die es in unserem Strang gibt. Oder es gibt in dem Strang, in dem Du landest, überhaupt keine Entführung, ja vielleicht existiert noch nicht einmal eine Stefanie oder Jessica Bucher in diesem Strang. Was dann?«

»Du hast mich nicht verstanden, Martin. Ich gehe nicht in einen anderen Strang zurück. Ich gehe in unserem Strang zurück. Ich lande mit meinem Bewusstsein nicht in irgendeiner der verschiedenen Parallelwelten, sondern ich lande tatsächlich in unserer eigenen Vergangenheit. Nur alles, was von diesem Moment an passiert, mündet dann in einem neuen Strang. Mit meiner Landung in unserer Vergangenheit stelle ich sofort eine Weiche in eine neue, uns unbekannte und parallel verlaufende Zukunft. Und wenn ich hierher zurückkehre, ist unsere Gegenwart im Hier und Jetzt völlig unverändert. Es existiert dann nur außerhalb unserer Wahrnehmung plötzlich eine weitere neue Parallelwelt, in der es einen Sebastian Gruhn gibt, der am letzten Sonntag etwas anderes gemacht hat, als er es tatsächlich in unserer Welt getan hat. Und so ist es für Dich besser, wenn ich Dir bei meiner Rückkehr erzählen kann, wo Jessica versteckt gehalten wird, als wenn ich eine Entführung verhindere, die nur in einer Parallelwelt verhindert ist, die Du nicht kennst. Jetzt verstanden?«

Martin Osterkorn atmete einmal tief durch.

»Nunja, abgesehen davon, dass ich Deine Geschichte für den größten Unsinn halte, der mir je aufgetischt wurde, habe ich es verstanden.«

»Es ist kein Unsinn!«

»Bei allem Respekt und bei aller Freundschaft, Basti, aber selbst wenn es wahr wäre, kannst Du nicht erwarten, dass man Dir diese Story glaubt. Auch nicht Dein bester Freund. Und selbst wenn, was stellst Du Dir dann vor? Du legst Dich hier schlafen, wachst irgendwann wieder auf und sagst mir voller Stolz, Jessica liegt an der Heizung gefesselt im Keller des Hauses Hauptstraße 12? Und dann? Was glaubst Du, was ich dann machen soll? Soll ich dann mit einem Sondereinsatzkommando dieses Haus stürmen, und wenn mich dann alle Kollegen entgeistert angucken, soll ich dann sagen, ich habe das Wort eines Zeitreisenden oder Seelenwanderers oder wie immer Du Dich nennen willst? Ich sage Dir was, Basti. Lass uns unsere professionelle Arbeit machen und verschone mich mit so einem Unsinn.« Mit diesen Worten trank er sein Weinglas in einem Zug leer und füllte es sofort wieder auf.

»Würdest Du es tun, wenn Du hundertprozentig von meiner Aussage überzeugt wärest?«

»Was tun?«

»Na, das Haus stürmen.«

Der Polizist wischte die Frage mit einer abwertenden Handbewegung vom Tisch. Dann stand er auf und ging zur Toilette.

Als er zurückkehrte, baute sein Freund sich vor ihm auf und sah ihm ernst in die Augen.

»Würdest Du es tun, wenn Du Dir absolut sicher wärst, dass es stimmt?«

Der Polizist drehte sich an Sebastian vorbei und setzte sich wieder an den Tisch. Dann murmelte er etwas genervt: »Ja, sicher. Dann würde ich mir schon was einfallen lassen, woher ich die Information habe. Aber dazu wird es nicht kommen, Basti. Wenn Du das wirklich könntest, was Du da sagst, dann wärst Du weltberühmt und steinreich. Also verschone mich jetzt mit diesem

Gefasel und lass uns wenigstens noch ein Spiel machen.«

Der Weichensteller beugte sich zu seinem sitzenden Freund herab.

»Denke mal etwas genauer nach, Martin. Wenn das öffentlich bekannt wäre, dass ich das kann, dann säße *ich* jetzt gefangen in einem Keller. Ich wüsste nur nicht, ob es ein amerikanischer, ein russischer oder ein israelischer Keller ist. Der Einzige, der es weiß, ist mein Bruder. Er war dabei, als ich bei meinen ersten Gehversuchen als Kind allerhand Schabernack in anderen Welten getrieben habe. Und jetzt weißt auch Du es, aber Du musst es für Dich behalten. Ich kann Dir vielleicht sagen, wo Jessica ist, aber wie Du mit dieser Information umgehst, musst Du selber wissen. Du musst mich aus dem Spiel lassen. Und damit Du in den nächsten Tagen das arme Mädchen aus dieser Scheiße herausholen kannst, werde ich Dir jetzt beweisen, dass ich kann, was ich behaupte.«

Osterkorn zog überrascht die Augenbrauen hoch.

»Da bin ich aber mal gespannt«, sagte er belustigt.

»Um wieviel Uhr hast Du heute Nachmittag die Erklärung im Fernsehen abgegeben?«

»Das war so gegen vier.«

Sebastian stand auf und ging zur großen Eckcouch. Er setzte sich hin und schaute auf seine Uhr.

»Es ist jetzt Mitternacht. Ich versetze mich neun Stunden zurück und werde Dir gleich sagen, wer Dir die Uniform geliehen hat.«

Er lächelte bei dem Gedanken an das Bild in seinem Kopf.

»Das wirst Du nicht machen,«, sagte Martin, »ich habe

keine Lust, Dir hier stundenlang beim Träumen zuzusehen. Mit Backgammon wird das ja wohl nichts mehr. Komm, ich bringe Dich jetzt nach Hause. Ich habe genug für heute.«

»Es dauert nicht lang«, erwiderte Sebastian. »Ich bin in circa fünf Minuten wieder hier.«

»Ist klar ...« Martin hob seine Hände in einer sich ergebenden Geste in die Luft.

Sebastian Gruhn legte sich auf den Rücken und schloss die Augen. Er öffnete leicht seinen Mund und begann damit, seine Atmung mit jedem Atemzug zu verlangsamen. Martin stützte seinen linken Ellenbogen auf den Tisch und lehnte sich mit der Schulter gegen die Wand. In dieser Haltung beobachtete er seinen scheinbar einschlafenden Freund. Kurze Zeit später konnte er von seiner Position aus bei Sebastian kein Heben und Senken des Brustkorbes mehr ausmachen.

Mit seiner rechten Hand stellte er die vierte zu kühlende Bierflasche in die Kühlschranktür und schloss diese dann. Sebastian Gruhn schaute auf seine Uhr. Es war genau 15.00 Uhr. Er eilte in die Diele, griff nach seiner Jacke und überprüfte mit einem Griff in die Tasche, dass alle Schlüssel vorhanden waren. Dann verließ er seine Wohnung und fuhr mit dem Aufzug in die Tiefgarage.

Zwanzig Minuten später näherte er sich dem Gebäude des Polizeipräsidiums. Er erkannte schon von Weitem, dass er nicht auf den großen Parkplatz fahren konnte.

Überall standen Fernsehteams mit ihren Übertragungswagen und Kabelrollen. Ein Menschenpulk wartete vor dem Eingang auf die angekündigte Erklärung. Er parkte in einer Seitenstraße und ging den Rest zu Fuß. Sebastian wollte seinen Freund erwischen, bevor dieser ins Freie kam und dann umlagert wurde. Mühsam drängte er sich durch die wartenden Journalisten und Schaulustigen, bis er den Haupteingang des Präsidiums erreichte. Der Wachhabende hinter der Scheibe kannte ihn. Es war nicht das erste Mal, dass Gruhn seinen Freund im Präsidium besuchte. Aus dem kleinen Lautsprecher begrüßte ihn eine metallene Stimme: »Ich glaube nicht, dass das ein guter Zeitpunkt ist. Herr Osterkorn ist im Stress. Aber ich lasse Sie rein.« Dann ertönte ein Summen. Sebastian Gruhn drückte die schwere Tür auf und betrat die Eingangshalle. In dem Moment öffnete sich eine der gegenüberliegenden Fahrstuhltüren, und Martin kam ihm in Begleitung einiger Kollegen entgegen. Die meisten trugen ebenfalls Uniform, aber es waren auch Kollegen in Zivil darunter.

»Basti, was machst Du denn hier? Das ist jetzt ganz schlecht.«

»Ich wollte eigentlich nur auf einen Kaffee vorbeikommen. Wieso trägst Du Uniform?«

Der uniformierte Kriminalrat flüsterte ihm ins Ohr: »Anordnung vom Chef. Wegen der Außenwirkung.«

Dann löste er sich von seinem Überraschungsbesuch, und mit den Worten »Ich muss los. Ich rufe Dich an.« steuerte er mit seinen Begleitern auf den Ausgang zum Parkplatz zu. Sebastian rief ihm hinterher: »Wer hat sie

Dir geliehen? Da ist ein Stern zu viel!«

Martin Osterkorn stellte sein Weinglas ab und ging zur Couch, auf der sein Freund lag und kaum noch zu atmen schien.

»Schluss jetzt«, rief er.

Dann schnippte er mit seinen Fingern dicht vor Sebastians Augen mehrmals in die Luft. Keine Reaktion. Er knuffte ihn gegen die Schulter und sagte: »Genug jetzt von diesem Theater. Im Ernst, ich habe keinen Bock mehr. Ich fahre Dich jetzt nach Hause, bevor ich noch ein Glas Wein trinke.« Keine Reaktion.

»Mensch, Basti, komm jetzt. Der Spaß ist vorbei.« Dann ergriff er beide Schultern und schüttelte den scheinbar leblosen Körper, so dass Sebastians Kopf kraftlos nach hinten in den Nacken fiel. Sein Freund schien tatsächlich bewusstlos zu sein. Er ließ den Oberkörper seines Freundes zurück auf die Couch sinken und setzte sich wieder an den Tisch. »Das gibt's doch gar nicht«, murmelte er.

Sebastian Gruhn stand alleine in der Eingangshalle des Polizeipräsidiums und grinste selbstzufrieden. Da hätte er auch selbst drauf kommen können. Egal. Er öffnete die schwere Tür und trat hinaus ins Freie. Martin stand vor den großen Pflanzenkübeln aus grauem Beton und erklärte den drängelnden Fernsehleuten, was sie wissen durften. Gruhn schlich sich an der Traube vorbei und ging zurück zu seinem Auto.

Jetzt galt es, zu warten.

Für ihn gab es nur zwei Möglichkeiten, aus dieser Welt zurück in seinen bewusstlosen Körper zu gelangen und in Martins Wohnzimmer wieder aufzuwachen. Es musste eine Parallelität von Raum oder Zeit geben. Das bedeutete, er musste in dieser Parallelwelt entweder an den gleichen Ort, an dem sich in seinem richtigen Leben sein bewusstloser Körper aufhielt, also in Martins Haus auf die Eckcouch. Alternativ konnte er hier dieselbe Sekunde abwarten, in der er in seiner Welt die Wanderung angetreten war. Das war um Mitternacht. Bis dahin würde er warten müssen, denn in Martins Haus konnte er nicht gelangen, solange dieser heute wird arbeiten müssen.

Er schaute auf seine Uhr. Jetzt war es halb fünf Uhr nachmittags. Es blieb ihm nichts anderes übrig, als nach Hause zu fahren und dort abzuwarten, bis es Mitternacht war. Allerdings würde Martin ihn ja auch in dieser Welt kurz vor dem Ende des Fußballspieles anrufen und versuchen, ihn zu einer nächtlichen Partie Backgammon zu überreden. Dann könnte er sich in Martins Wohnzimmer auf die Couch setzen und sich so eine Stunde Warterei ersparen. Für Martin, der in seinem richtigen Leben am Backgammontisch auf ihn wartete, war es sowieso egal. Sebastian hatte schon als Kind herausgefunden, dass die von ihm auf solchen Wanderungen empfundene Zeit etwa einhundertmal schneller verging, als die Zeit in seiner eigenen Welt.

Selbst, wenn er bis zum Eintritt der Zeitparallelität um Mitternacht würde warten müssen, so wären für den am Backgammontisch sitzenden Martin nur etwa fünf Minuten vergangen. Sebastian hatte sich längst mit der Tatsache abgefunden, dass Zeit nur eine Illusion war. Vergangenheit, Gegenwart, alles war gleichzeitig. Die Zeit, in der er sich jetzt gerade aufhielt und die aus Sicht seines eigentlichen Lebens die Vergangenheit darstellte, war in Wirklichkeit nichts Vergangenes, sondern etwas soeben Passierendes. In einer anderen Welt zwar, aber zur gleichen Zeit. Und weil alle Welten und alle Zeit in Wirklichkeit gleichzeitig existierten, war es ihm möglich, von einer zur anderen zu wandern. Warum und wieso er das konnte, wusste er immer noch nicht. Er wusste nur, dass er es konnte. In die Zukunft zu springen, war ihm jedoch nicht möglich. Nicht, weil die Zeit dafür noch nicht verstrichen war, sondern schlicht und einfach, weil die Zukunft als ein möglicher Zustand des Seins vom großen Bewusstsein noch nicht gedacht wurde. Sebastian Gruhn startete den Wagen und fuhr los.

Inzwischen war der Abend angebrochen. Sebastian lag in seinem Fernsehsessel und schaute sich das Pokalhalbfinale noch einmal an. Das Spiel war eine einseitige Angelegenheit. Der Favorit führte kurz vor Schluss deutlich mit 4:1. Es waren nur noch wenige Minuten zu spielen, als sein Telefon klingelte.

»Gruhn?«

»Ich bin es. Martin.«

»Hi! Ich habe Dich in der Tagesschau gesehen.«

»Ja, Du warst ja sozusagen dabei. Ich werde bald viele Überstunden machen müssen und weiß nicht, ob ich es Freitag zu unserem Backgammonabend schaffe.«

»Habe ich mir schon gedacht. Passiert halt.«

»Aber wie wäre es mit jetzt? Ich mache gleich Feierabend und mein Stellvertreter übernimmt die Nacht. Ich fahre dann nach Hause und könnte noch ein wenig ablenkende Unterhaltung vertragen, bevor ich ins Bett gehe. Was hältst Du davon?«

»Gut, aber Du musst mich abholen.«

»Das ist kein Problem, ich komme ja eh bei Dir vorbei. Also bis gleich.«

Die beiden Freunde fuhren schweigend durch die Stadt und bogen zuguterletzt in die Verdistraße ein, in der Martin wohnte. Martin parkte den Seat am Straßenrand. Die beiden Männer stiegen aus.

»Hast Du Gerümpel in der Garage oder warum parkst Du hier draußen?«

Martin sah seinen Freund erstaunt an.

»Woher weißt Du das?«

Sebastian lächelte und klopfte seinem Freund auf die Schulter. »Einfach nur geraten«, sagte er.

Die Männer betraten das Haus und begaben sich ins Wohnzimmer. Während Martin Osterkorn die Schranktür öffnete, begab sich Sebastian Gruhn sofort zur großen Eckcouch und setzte sich hin.

Ein tiefer Atemzug strömte in seine Lungen, und er öffnete langsam wieder die Augen. Martin saß gelangweilt am Tisch. Sein linker Ellenbogen war aufgestützt und sein Kinn lag auf seinem Handballen.

»Willkommen zurück«, begrüßte er ihn, ohne seine demonstrative Körperhaltung zu verändern. Sebastian richtete sich auf und schaute seinem Gastgeber triumphierend in die Augen.

»Keiner hat Dir die Uniform geliehen.«

Er lächelte, als er sich daran erinnerte, wie Martin heute Nachmittag auf dem Weg zum Parkplatz abrupt stehen blieb, zu ihm zurückkehrte und ihm die Antwort zuflüsterte.

»Du hast Dir alle Stücke selbst in der Kleiderkammer zusammengesucht. Dabei hast Du die Schulterklappen für einen Rat absichtlich übersehen, um Deinem Chef vor laufenden Kameras einen Wink mit dem Zaunpfahl zu geben, dass Deine eigene Beförderung zum Oberrat längst überfällig sei.«

Martin Osterkorn löste sein Kinn aus seiner Handfläche und richtete sich auf. Sein Blick wurde prüfend und kalt.

»Willst Du mich verarschen, Basti?«

»Wieso?«

»Du hast mit Franz telefoniert, stimmt's?«

»Nein, habe ich nicht. Ich habe Dich selbst gefragt, und Du hast es mir zugeflüstert.«

Martin schrie seinen Freund an: »Hör' jetzt auf mit dem Scheiß. Wir haben nicht darüber gesprochen. Du kannst es nur von Franz haben, und jetzt ist Schluss mit diesem Theater.«

Sebastian machte einen Schritt auf Martin zu.

»Martin, ich schwöre Dir. Ich bin zum heutigen Nachmittag zurückgereist. Ich habe Dich im Präsidium besucht, kurz bevor Du ...«

Weiter kam er nicht.

Martin griff ihm unter den Arm und zog ihn mit aller Kraft aus dem Wohnzimmer in die Diele.

»Ruhe jetzt, ich will den Scheiß nicht mehr hören. So etwas gibt es nicht, Basti. Und jetzt ist Feierabend. Ich bringe Dich nach Hause, und wenn Du wieder ernsthaft mit mir reden willst, rufe mich an. Ich habe weiß Gott im Moment Wichtigeres zu tun, als mir diesen Quatsch anzuhören.«

Sebastian löste sich aus seinem Griff, öffnete die Haustür und ging vorweg zu Martins Wagen. Er sagte nichts mehr. Während der Fahrt regte sich Martin erneut über diese alberne Vorstellung, wie er es nannte, auf. Aber Sebastian sah nur aus dem Beifahrerfenster und antwortete nicht mehr. Erst als sie bei ihm angekommen waren, stieg er aus und sagte: »Ich hatte etwas mehr Vertrauen von Dir erwartet, Martin.« Ohne eine Reaktion abzuwarten, knallte er die Beifahrertür zu und verschwand im Eingang seines Wohnhauses.

Am nächsten Morgen rief er zunächst seinen Bruder an. Es ginge ihm nicht gut, und er wolle heute zu Hause bleiben. Nun stand er vor seinem Wohnzimmerfenster und blickte hinunter auf das rückwärtige Gelände. Zwei junge Birken bogen sich stetig im Wind und richteten sich wieder auf, wenn dieser eine Pause einlegte. Auf dem kleinen Rasenstück spielten ein paar Jungen mit einem Ball, wobei sie zwei alte Wäschestangen als Tor benutzten. Wenn sie trafen, drang fröhlicher Torjubel in sein Ohr. Er dachte an die kleine Jessica Bucher, die irgendwo zeitgleich weinen und innerlich nach ihrer Mama schreien musste. Eigentlich, dachte er, war es egal, ob Martin ihm glaubte oder nicht.

Er beschloss, sie auf eigene Faust zu finden.

Jessicas Schicksal sollte nicht von einem Zwist unter Freunden abhängig sein. Aber wie genau hatte er sich das vorgestellt? Er wusste noch nicht einmal, aus welchem Haus in der Goethestraße sich das Mädchen auf den Heimweg machen würde. Er drehte sich um und holte einen großen Stadtplan aus seinem Wohnzimmerschrank. Er suchte im Straßenregister die Koordinaten der Goethestraße und faltete den Plan an der entsprechenden Stelle auseinander. Was er sah, erfreute ihn.

Die Goethestraße lag in einem reinen Wohngebiet mit Einfamilienhäusern, und sie war eine Sackgasse. Ihr Ende schloss mit bebauten und umzäunten Grundstücken ab. Das andere Ende bog in einem rechten Winkel in den Studerweg ein. Dieser stieß nach weiteren 300 Metern auf die Kreuzung mit der Heinrich-Heine-Straße. Sebastian hob den Kopf. Es war egal, in welchem Haus auf der Goethestraße die Geburtstagsparty stattfand. Jessica musste durch den Studerweg kommen. Sie würde den rechten Gehweg benutzen, weil sie an der Kreuzung zur Heinrich-Heine-Straße nicht geradeaus dem Studerweg weiter folgen wird, sondern nach rechts in Richtung Wilhelmshöhe abbiegen musste, wo sie mit ihrer Mutter in einer Villa wohnte. Er dachte nach. Am besten würde es sein, wenn er sich mit seinem Wagen im gegenüberliegenden Teilstück des Studerweges postieren würde, mit Blick über die Kreuzung hinweg in Richtung Goethestraße. Jessica müsste ihm dann entgegen kommen. Sebastian fuhr mit dem Finger den vermuteten Fußweg Jessicas nach. Von der Goethestraße nach rechts in den Studerweg, dann an der Kreuzung nach rechts in die Heinrich-Heine-Straße, dann einen Kilometer geradeaus und zum Schluss links in die Wilhelmshöhe, an deren Ende die Villa von Stefanie Bucher stand.

Wo würden die Entführer zugreifen? Hatte Martin nicht erwähnt, dass Jessicas Handy in einem Gulli an der Kreuzung geortet und gefunden wurde? Natürlich, sie würden sie nicht bis zur Heinrich-Heine-Straße kommen lassen, denn die war zu stark befahren. Auch sonntags. Das kleine Stück des Studerweges jedoch, das die Goethe- mit der Heinrich-Heine-Straße verband, erschien für einen solchen Zugriff ideal. Es war die meiste Zeit des Tages absolut ruhig und menschenleer. Er ballte unwillkürlich die Faust. Der Standort war perfekt. In seinem Citroen Berlingo saß er auch etwas höher, so dass er mit einem Fernglas bequem über die vor ihm parkenden Autos hinweg sehen konnte.

Wenn er mit seiner Vermutung richtig lag und die Entführer das Mädchen im ersten Teil des Studerweges packten, so konnte er von seinem Standort sogar die Entführung beobachten. Wenn sie ein Auto benutzten, wovon er sicher ausging, so würden sie ihm entgegen fahren, bis sie die Kreuzung erreichten. Dann könnte er sehen, wohin sie fuhren und die Verfolgung aufnehmen. Das allerdings wird schwer werden, vermutete er. Er wusste von Martin, dass es überhaupt nicht leicht sei, einen Wagen über eine längere Strecke zu verfolgen, ohne selbst dabei aufzufallen. Deswegen wechselten sich polizeiliche Observationsfahrzeuge regelmäßig ab. Diese Taktik stand ihm alleine nicht zur Verfügung. Er sagte sich aber, dass er sich in einer Parallelwelt bewegte, in der sein Handeln für ihn keine Konsequenzen haben würde. Er wollte einfach versuchen, ihnen so unauffällig wie möglich zu folgen, sich vielleicht ab und zu zurückfallen oder ein anderes Auto zwischen sie lassen, aber er war fest entschlossen, ihnen so lange zu folgen, wie es möglich war.

Spannung, Abenteuerlust und Jagdfreude stiegen in ihm auf. Er fühlte sich plötzlich wie ein gefragter Privatdetektiv, der die schwierigsten Fälle an der langsamen und tollpatschigen Polizei vorbei lösen konnte. Wie Miss Marple. Und sein Freund Martin würde mit der Rolle des ungläubigen Inspektors Craddock vorlieb nehmen müssen. Darauf freute er sich.

Sebastian stand auf, ging in sein Schlafzimmer und legte sich ins Bett. Als Rücksprungzeitpunkt wählte er den letzten Sonntag halb elf Uhr vormittags, denn da war er im Trockenkeller gewesen, um seine Wäsche von der Leine zu nehmen. Er wollte es vermeiden, in der eigenen Wohnung anzukommen. Die Gefahr war zu groß, dass er sich ausgerechnet im Moment der Ankunft zu nah an seinem Schlafzimmer befinden könnte, denn diese

Raumparallelität mit seinem zurückgelassenen Körper würde ihn augenblicklich wieder zurück ins Hier und Jetzt katapultieren. Sebastian Gruhn schloss die Augen und begann, seine Atmung zu verlangsamen.

Es roch nach frischer Wäsche. Die beiden Neonröhren an der Decke tauchten den Kellerraum in ein unangenehm grelles Licht. In seiner Hand hielt er ein großes Bettlaken, das er soeben im Begriff gewesen war zu falten. Er hatte Zeit genug. Also nahm er, wie schon am letzten Sonntag, seine Wäsche ab und verließ den Keller. Mit dem Aufzug fuhr er nach oben. In seiner Wohnung legte er sich den Stadtplan und das alte Fernglas zurecht, das seit Jahren auf einem Regalbrett in der Abstellkammer sein Dasein fristete. Daraufhin wartete er bis halb fünf und machte sich dann auf den Weg in die Tiefgarage. Den Aufzug nach unten teilte er sich mit der alten Frau Salmantel aus dem vierten Stock. Wie üblich trug sie ihre karierte Schürze und hielt einen leeren Wäschekorb in der Hand. Er lächelte sie freundlich an. Sie sah neugierig auf das Fernglas und den Stadtplan in seiner Hand und fragte ihn:

»Gehen Sie im Wald spazieren?«

»Ja, Frau Salmantel. Gehen Sie Ihre Wäsche holen?«

»Ja, natürlich! Es gibt ja immer was zu tun.«

Als die Fahrstuhltür sich öffnete, wandte sich die Frau nach rechts in den Trockenkeller. Er ging nach links in die Tiefgarage. Zuerst hörte er einen laufenden Motor und dann wie sich das Rolltor öffnete. In einem roten VW Passat kamen die Freilingers mit ihren Kindern von einem Sonntagsausflug zurück. Sie belegten den Stellplatz links neben seinem Wagen. Als er die beiden Stellplätze erreichte, hatte der Passat gerade eingeparkt und eine der beiden Töchter öffnete die hintere linke Tür so ungeschickt heftig, dass sie sie gegen den angrenzenden Betonpfeiler schlug. Sofort stieg ihr Vater aus, begutachtete den entstandenen Lackschaden in der Tür und brüllte auf seine Tochter ein. Frau Freilinger ignorierte die Schreierei und fischte zwei Tragetaschen aus dem Wageninneren. Sebastian nickte einmal kurz in ihre Richtung und stieg dann in seinen Berlingo. Um viertel nach fünf kam er im Studerweg an. Er war einen kleinen Umweg gefahren, um von Norden zu kommen, und er hatte Glück.

Kurz vor der Kreuzung Heinrich-Heine-Straße fand er eine freie Parklücke am rechten Fahrbahnrand hinter zwei anderen PKW. Dort parkte er seinen Wagen ein und schaltete den Motor ab. Es war ruhig. Von hier hatte er einen perfekten Blick über die Kreuzung hinweg in das letzte, das fragliche Teilstück des Studerweges, das an seinem Ende rechtwinklig in die Goethestraße mündete, und in seinem höheren Berlingo konnte er wunderbar über die beiden Dächer der vor ihm parkenden Autos hinweg sehen, ohne selbst wahrgenommen zu werden.

Er schaute sich um.

Es war kein Mensch unterwegs. Ab und zu fuhr einmal auf der Heinrich-Heine-Straße ein Fahrzeug entweder von links nach rechts oder von rechts nach links durch sein

Blickfeld. Aber ansonsten war es ein üblich ruhiger Sonntag. Dann griff er nach seinem Fernrohr, um einen ersten Blick in den gegenüberliegenden Studerweg zu riskieren. Dabei duckte er sich mit dem Oberkörper in einer instinktiven Vorsicht etwas nach unten. Auch dort war es ruhig. Links und rechts an den Fahrbahnrändern parkten Autos dicht an dicht. Die Gehwege waren schmal, und es war kein Mensch zu sehen.

Trotzdem fiel ihm etwas auf.

In der von ihm aus gesehen linken Reihe geparkter Autos stand in korrekter Fahrtrichtung, etwa auf halber Strecke, ein blauer Kleintransporter. Es könnte ein Ford Transit oder auch ein VW Bus sein, das konnte er nicht genau erkennen. Das Kennzeichen konnte er auch nicht sehen, weil es von dem davor parkenden Fahrzeug verdeckt wurde. Er nahm jedoch an, dass das Kennzeichen sowieso nicht von Bedeutung war, da es sicher gefälscht sei. Hinter der Windschutzscheibe konnte er keine Person ausmachen. Sebastian überlegte, dass sich die Täter vermutlich im fensterlosen Laderaum aufhielten, sollte es sich bei dem Kleintransporter wirklich um das Entführungsfahrzeug handeln.

Er schaute auf seine Uhr.

Es war inzwischen kurz nach halb sechs. Er würde noch etwa zwanzig Minuten warten müssen, bis etwas passiert. Sein Herz pochte deutlich kräftiger als sonst. Er wartete. Im rechten Außenspiegel bemerkte er eine Frau, die ihren Hund spazieren führte. Als sie auf seiner Höhe angekommen war, schaute sie ihn kurz durch die Beifahrerscheibe an, ging dann aber weiter. Ihr Hund hob am Stoppschild noch einmal kurz das Bein, dann bogen sie um die Ecke und waren verschwunden. Sebastian traute sich nicht, das Radio einzuschalten. Er wusste nicht warum, es erschien ihm einfach sicherer, es nicht zu tun. Er schaute sich noch einmal die Umgebung auf dem Stadtplan an. Wie weit würden sie mit ihrer Gefangenen fahren? Befindet sich ihr Ziel in der Stadt, oder würden sie eine möglichst große Entfernung zwischen Tatort und Versteck zurücklegen wollen?

Er faltete den Plan noch etwas weiter auf. Um zur Autobahn zu kommen, müssten sie die komplette Stadt durchqueren. Er hoffte jedoch, dass sie diese nicht verließen, denn er fürchtete sich vor einer länger andauernden Verfolgung. Er legte den Stadtplan wieder auf den Beifahrersitz und schaute noch einmal mit seinem Fernglas zum vermeintlichen Tatort hinüber.

Das war gerade rechtzeitig.

Soeben spazierte ein etwa zehn- oder elfjähriges Mädchen aus der Goethestraße in den Studerweg. Sie trug lange, braune und offene Haare, die ihr weit über die Schultern fielen. Das musste Jessica Bucher sein, schoss es ihm durch den Kopf. Sie hatte es nicht eilig, sondern schlenderte gemächlich den Gehweg entlang und schwenkte dabei eine pinkfarbene Tasche an ihrer Seite. Von etwaigen Entführern war nichts zu sehen.

Sebastian hatte immer noch den blauen Kleintransporter in Verdacht, und damit sollte er recht behalten. Langsam näherte sich Jessica dem Wagen. Als sie seine Höhe erreicht hatte, ging plötzlich die rechte Schiebetür des Kastenwagens auf und heraus trat ein

Mann in einem blauen Trainingsanzug mit einer Skihaube über dem Kopf, bei der nur die Augen ausgespart waren, und die verdeckte er zusätzlich mit einer Sonnenbrille. Mit der linken Hand hielt er Jessica ein weißes Stofftuch vor Mund und Nase. Mit dem rechten Arm umfasste er ihren Körper und hob sie ganz einfach ins Wageninnere. Sofort wurde die Schiebetür wieder geschlossen.

Das Ganze ging rasend schnell und dauerte keine drei Sekunden. Jessica hatte noch nicht einmal ihre Arme bewegt oder mit den Beinen gestrampelt, so überraschend erfolgte der Zugriff.

Sebastians Herz schlug ihm nun bis zum Hals.

Er wanderte kurz mit dem Fernglas an den Fenstern der benachbarten Häuser entlang, um zu prüfen, ob wenigstens einer der Bewohner zufällig Zeuge hätte werden können. Aber er sah hinter den Scheiben nur dichte Gardinenvorhänge oder leere Zimmer. Dann richtete er seinen Blick wieder auf den blauen Kleintransporter. Zunächst geschah eine gefühlte Ewigkeit lang nichts. Ob sie Jessica zuerst einmal mit Chloroform betäuben oder knebeln, damit sie während der Fahrt keinen Laut von sich geben konnte? Aber derweilen könnte sich doch wenigstens einer der Entführer hinter das Steuer setzen und losfahren. Oder war es am Ende nur dieser eine Mann im blauen Trainingsanzug?

Sebastian legte das Fernglas zur Seite und wartete. Er ließ den blauen Wagen nicht mehr aus den Augen. Dann plötzlich kam der Umriss eines Oberkörpers hinter der Windschutzscheibe zum Vorschein, und der Transporter wurde gestartet. Der Mann schlug die Lenkung ein, manövrierte aus seiner Parklücke und steuerte auf die Kreuzung zu. Dort angekommen fuhr er noch einmal rechts an den Straßenrand und schien sich umzusehen. Dann beugte er sich über den Beifahrersitz, öffnete die Beifahrertür ein wenig und ließ Jessicas Mobiltelefon über das Trittbrett hinunter in den Gulli fallen.

Sebastian fiel das Atmen schwer, so aufgeregt war er.

Der Mann tastete sich mit seinem Kastenwagen in die Kreuzung hinein und bog dann nach links ab, aus Sebastians Perspektive nach rechts in die Heinrich-Heine-Straße. Entschlossen startete Sebastian auch seinen Wagen und fuhr aus seiner Parklücke heraus, um die Verfolgung aufzunehmen.

In dem Moment schepperte und krachte es gewaltig.

Der selbst ernannte Privatdetektiv wurde in seinem Berlingo ordentlich durchgeschüttelt. Er stieß sich dabei den Kopf und blutete sofort aus einer Platzwunde an der Schläfe. Er hatte einen von hinten herankommenden Wagen übersehen. Der Aufprall war so heftig, dass Sebastians Wagen auch gegen das vor ihm parkende Fahrzeug geschleudert wurde.

Dann war es erst einmal still.

Sebastian erstarrte nicht in einem Schock, sondern versuchte, die Fahrertür zu öffnen. Die jedoch klemmte. Sofort robbte er über Schaltknüppel und Beifahrersitz, öffnete die rechte Tür und ließ sich aus dem Wagen gleiten. Dann stand er auf und lief zur Kreuzung. Hinter ihm schrie sein Unfallgegner: »Hey, stehenbleiben! Nicht abhauen!«, aber Sebastian kümmerte sich nicht darum. Er erreichte die Kreuzung und sah dem blauen Kastenwagen hinterher. Der hatte die nächsten beiden Einmündungen passiert und verschwand am Ende der Heinrich-Heine-Straße in der dortigen Linkskurve. Dort wurde sie zur Nordstraße. Das hatte er noch wissen wollen, bevor er diese Mission beendete. Bei seinem nächsten Versuch würde er in der Nordstraße hinter dieser Linkskurve auf ihn warten. Das war noch unauffälliger und unverdächtiger für die Entführer. Was er hier im Studerweg gesehen hatte, brauchte er sich beim nächsten Versuch ja nicht noch einmal anzusehen.

In dem Moment wurde Sebastian Gruhn mit einem festen Griff am Oberarm herumgerissen. Der Fahrer des anderen Unfallfahrzeuges hatte ihn eingeholt.

Sebastian fühlte wieder die Matratze seines Bettes unter sich und öffnete die Augen. Für einen Moment heftete er seinen Blick nachdenklich an die Zimmerdecke. Nachdem der Unfall durch die Polizei aufgenommen und sein Berlingo abgeschleppt worden war, hatte er sich ein Taxi nach Hause bestellt, um in seinem Schlafzimmer jene Raumparallelität zu erzeugen, die ihn nun aus seiner Trance hatte wieder aufwachen lassen. Er stand auf und füllte in der Küche eine Tasse mit heißem Kaffee.

Nachdenklich Schluck für Schluck schlürfend wanderte er durch seine Wohnung. Dann stellte er die Tasse ab und griff nach dem Telefon. Er wählte die Nummer des Polizeipräsidiums und ließ sich mit Martin verbinden.

»Sage bloß, Du bist wieder nüchtern«, neckte dieser ihn sofort. »Martin, ich hab's gemacht«, antwortete Sebastian mit kühler Stimme.

»Was gemacht?«

»Ich habe mich bei Uwe krankgemeldet und mich dann in meinem Bett in den letzten Sonntag zurückversetzt.«

»Und ..?«

»Ich habe die Entführung beobachtet.«

Er hörte, wie Martin genervt ausatmete. Dann erzählte er ihm, was er gesehen hatte, und dass er die Entführer wegen seiner hektischen Unachtsamkeit nicht hat verfolgen können. Martins Antwort war ein sehr langes Schweigen. Als ihm die Stille am anderen Ende zu lang wurde, ergänzte Sebastian, dass er beabsichtige, es noch einmal zu versuchen, diesmal aber in der Nordstraße warten würde.

»Warte!«, sagte Martin kurz. Dann sprach er ganz leise:

»Jetzt mal unter uns, Basti, kannst Du das wirklich, was Du mir erzählt hast?«

»Ja, Martin, und ich wünschte mir, Du würdest mir endlich glauben. Und bitte ...«, sein Ton war flehentlich, »behalte es für Dich. Gehe nicht damit hausieren.«

»Einen Teufel werde ich tun«, antwortete sein Freund.

»Meinst Du, als Leiter der Sonderkommission will ich mich mit so einer Geschichte hier selber unglaubwürdig machen?«

»Gut.« Sebastian war erleichtert. »Also, ich gehe jetzt noch einmal zurück und rufe Dich nachher wieder an, wenn ich weiß, wohin sie Jessica gebracht haben.«

»Nein! Warte!«, kam es hektisch zurück.

»Basti, höre mir jetzt gut zu und vertraue mir. Was Du beobachtet hast, deckt sich mit einigen unserer bisherigen Ermittlungsergebnisse. Und wenn Du das wirklich kannst, was Du sagst, schwebst Du in einer größeren Gefahr, als Dir bewusst ist. Du musst mir etwas versprechen. Unternimm jetzt nichts auf eigene Faust. Warte auf mich. Ich bin in zehn Minuten bei Dir und hole Dich ab. Versprich mir das.«

»Okay, Martin. Aber wieso schwebe ich ...«

»Kein Wort mehr am Telefon, Basti. Mache jetzt nichts alleine. Nimm kein Telefonat an und öffne niemandem die Tür. Ich klingel bei Dir viermal. Dann kommst Du runter und steigst in meinen Wagen. Hast Du verstanden?«

»Ja.«

»Gut. Bis gleich.«

Sebastian Gruhn wartete, bis es viermal klingelte. Dann nahm er seine Jacke, verließ die Wohnung und fuhr mit dem Aufzug hinunter. Vor der Tür stieg er in den wartenden Seat. Martin fuhr sofort los.

»Was ist denn los?«, fragte er seinen Freund.

»Ich will Dir nicht mehr Angst machen, als nötig. Aber ich muss das wissen, Basti. Wenn Du in der Vergangenheit bist, kann Dir dort dann etwas passieren? Kannst Du beispielsweise getötet werden?«

»Ich nicht. Aber der Sebastian Gruhn, in dessen Bewusstsein ich mich befinde, schon. Mein eigenes Bewusstsein würde hierher zurückkehren, und alles wäre gut.«

»Na, dann bin ich schonmal beruhigt. Wie ist es denn

umgekehrt? Was würde passieren, wenn Deinem hier bewusstlos liegendem Körper etwas zustößt? Wenn der beispielsweise stirbt?«

»Keine Ahnung, Martin. Ich bin noch nie gestorben, wie Du siehst. Ich vermute, dass mein abgekoppeltes Bewusstsein dann weiter in der Vergangenheit verbleibt. Allerdings höchstens so lange, bis auch in dieser Parallelwelt die gleiche Sekunde anbricht, in der ich aufgebrochen bin. In dem Moment springt mein Bewusstsein zurück in meinen dann allerdings toten Körper. Ich schätze, es stirbt dann ebenfalls in diesem Moment. Ich weiß es nicht. Keine Ahnung.«

»Dann ist es gut, dass ich Dich aus Deiner Wohnung geholt habe und Du nicht alleine bist, während Du bewusst- und wehrlos bist«, sagte Martin.

»Warum?«

Sebastian wurde nervös.

»Was ist denn um Himmels willen?«

»Das kann ich Dir noch nicht sagen, Basti. Noch nicht jedenfalls.« Martin drehte sich kurz zu seinem Freund um, während er durch die Stadt fuhr.

»Du musst für mich noch einmal zurückgehen und herausfinden, wo das Versteck der Entführer ist. Es ist wichtig, dass Du dabei möglichst unbefangen agierst. Du musst mir sagen, wo sie sind. Erst wenn wir sie haben und sie im Hier und Jetzt keine Gefahr mehr darstellen, kann ich Dir verraten, was mich so beunruhigt. Bis dahin möchte ich nicht mehr, dass Du alleine bist.«

Martin bog in die Verdistraße ab und parkte den Leon vor seinem Haus. Dann gingen die beiden Freunde hinein und begaben sich ins Wohnzimmer. Sebastian war klar, was sein Gastgeber von ihm erwartete und setzte sich schonmal auf die Couch. Martin setzte sich in einen Sessel ihm gegenüber.

»Sag mal, Basti, eines musst Du mir noch verraten, bevor Du einschläfst. Das Buch, das Deinen Bruder so berühmt gemacht hat, Du weißt schon, das über die 1848er Revolution ...«

Sebastian wusste sofort, worauf sein Freund anspielte.

»Ja, Martin. Ohne mich hätte er diese detaillierte Aufarbeitung nicht hinbekommen. Ich hatte es Dir schon erzählt, ich lebte als Magd in Berlin zu dieser Zeit. Ich bin bestimmt zwanzigmal für ihn zurückgegangen, um alles Mögliche herauszufinden, was er für dieses Buch wissen musste.«

»Aber das verstehe ich nicht,« warf Martin ein, »warum hast Du es nicht selber geschrieben? Dir gebührt doch der Ruhm, nicht ihm.«

»Das kannst Du nicht wissen, Martin. Mein Bruder gibt mir etwas dafür, was mir tausendmal wertvoller ist als der Ruhm. Damit kann er sich rumplagen. Außerdem möchte ich mich keinen Fragen stellen müssen, verstehst Du?«

»Okay, wenn es etwas Innerfamiliäres ist, brauche ich es auch nicht zu wissen. Aber eines noch, Basti«. Martin stand auf und setzte sich neben seinen Freund. Dann flüsterte er:

»Wer hat Kennedy erschossen?«

Sebastian lachte laut auf.

»Das wollten wir auch unbedingt wissen.«

Er hatte Mühe, durch sein Lachen hindurch zu sprechen. Martin musste mit ihm lachen und wartete gespannt auf die Antwort aller Antworten. Als Sebastian sich wieder beruhigt hatte, sagte er:

»Wir haben es versucht, weißt Du? Ich bin zurück ins Jahr 1963. Ich war so gespannt. Ich wollte mit eigenen Augen sehen, ob und wer hinter dem Zaun auf dem Grashügel gestanden hat und ob er es war, der Kennedy erschossen hat.«

»Und ...?« Martin platzte fast vor Neugierde.

»Ich musste bei der Landung feststellen, dass ich zu dieser Zeit ein alter und todkranker Aborigine im australischen Busch gewesen bin. Es gibt nicht den Hauch einer Chance, als solcher nach Dallas zu kommen.«

Er klopfte seinem Freund auf die Schulter.

»Ich weiß, Martin. Dreckspech! Aber so ist es nunmal. Kennedys Mörder werden ihr Geheimnis sicher längst mit ins Grab genommen haben, und auch ich habe keine Chance, es ihnen zu entreißen.«

Martin verzog enttäuscht die Mundwinkel. Dann umarmte er seinen Freund und begab sich wieder in seinen Sessel.

»Gut, lass uns anfangen. Wie lange wird es dauern, bis Du wieder aufwachst? Wie lange muss ich warten?«

Sebastian rechnete kurz nach.

»Die Zeit dort vergeht etwa einhundertmal schneller als hier. Jetzt ist es Donnerstag, und wir haben elf Uhr. Wenn ich dort bis zur jetzigen Sekunde warten muss, also von Sonntagabend bis jetzt, dann halte ich mich dort etwa 90 Stunden auf. Das sind 5.400 Minuten und das entspricht hier ungefähr 54 Minuten. Wenn Du mich Mittwochabend wieder zum Backgammonspiel einlädst und ich zu dieser Couch komme, sind es für Dich etwa sieben Minuten weniger. Vielleicht schaffe ich es aber auch, Dich früher schon zu besuchen, um zu dieser Couch zu kommen. Dann dauert es für Dich nur eine Minute oder so, bis ich die Augen wieder aufschlage.«

»Gut«, sagte Martin, »das ist ja alles überschaubar. Dann hau rein. Viel Erfolg.«

»Ich habe ja schon gut vorgearbeitet.«

Sebastian legte sich hin.

»Also bis gleich.«

Dann schloss er die Augen und begann damit, seine Atmung zu verlangsamen.

Es roch nach frischer Wäsche. Die beiden Neonröhren an der Decke tauchten den Kellerraum in ein unangenehm grelles Licht. In seiner Hand hielt er ein großes Bettlaken, das er soeben im Begriff gewesen war zu falten.

»Verdammt!«, schoss es ihm sofort durch den Kopf.

Von Martins Wohnzimmer aus hätte er überhaupt nicht vorsichtshalber im Trockenkeller landen müssen. Er hätte auch problemlos in seiner Wohnung landen und deswegen einen späteren Zeitpunkt für die Ankunft wählen können. Er ärgerte sich, aber das war nun nicht mehr zu ändern. Er musste jetzt wohl oder übel noch ein paar Stunden warten, bis er zur Nordstraße fahren konnte. Also nahm er, wie schon beim letzten Mal, seine

Wäsche ab und verließ den Keller. Mit dem Aufzug fuhr er nach oben. In seiner Wohnung legte er erneut Stadtplan und Fernglas zurecht und wartete bis halb fünf. Dann machte er sich auf den Weg in die Tiefgarage. Den Aufzug nach unten teilte er wieder mit der alten Frau Salmantel aus dem vierten Stock. Er lächelte sie freundlich an. Sie sah neugierig auf das Fernglas und den Stadtplan in seiner Hand und fragte:

»Gehen Sie im Wald spazieren?«

»Ja, Frau Salmantel. Gehen Sie Ihre Wäsche holen?«

»Ja, natürlich! Es gibt ja immer was zu tun.«

Als die Fahrstuhltür sich öffnete, wandte sich die Frau nach rechts in den Trockenkeller. Er ging nach links in die Tiefgarage. Zuerst hörte er einen laufenden Motor und dann, wie sich das Rolltor öffnete. In einem roten VW Passat kamen die Freilingers mit ihren Kindern von einem Sonntagsausflug zurück. Sie belegten den Stellplatz links neben seinem Wagen.

Er beeilte sich, die beiden Stellplätze zu erreichen, und als der Passat gerade eingeparkt und eine der beiden Töchter ihre Tür öffnen wollte, sprang er dazu und hielt die Tür fest.

»Nicht so heftig, junge Dame«, sagte er und lächelte.

Herr Freilinger stieg aus und nickte ihm ebenso höflich wie desinteressiert zu. Dann machte sich Sebastian mit seinem Wagen auf in die Nordstraße.

Hinter der Linkskurve, durch die der blaue Kleintransporter wird kommen müssen, befand sich ein kleines Lebensmittelgeschäft, das über drei eigene Parkplätze verfügte. Jetzt am Sonntag waren sie frei. Hier parkte er und wartete. Es war nicht viel Verkehr, das hatte er beim letzten Mal schon festgestellt. Nur selten rauschte ein fremdes Fahrzeug an ihm vorbei.

Das gefiel ihm nicht.

Bei stärkerem Verkehr, so glaubte er, wäre seine anstehende Verfolgung unauffälliger. Er wartete und schaute immer wieder auf seine Uhr. Die Digitalanzeige in seinem Armaturenbrett sprang auf 18.00 Uhr. Jetzt müsste er bald kommen. Und da war er auch schon.

Aus der Kurve kam der blaue Kleintransporter und fuhr an ihm vorbei in südliche Richtung die Nordstraße hinunter. Sebastian startete den Motor und fuhr hinterher. Zwischen ihm und den Entführern lagen vielleicht 200 Meter. Wie sich herausstellen sollte, waren alle seine Sorgen, eine längere Verfolgung nicht unbemerkt zu überstehen, unbegründet, denn das Entführungsfahrzeug hatte sein Ziel bald erreicht.

Drei Kreuzungen später setzte der Fahrer den rechten Blinker und bog in die Beethovenstraße ein. Er fährt ins Musikantenviertel, dachte Sebastian. Dann wären sie ja ganz nah dran. Zwei Sekunden später erreichte auch er die Kreuzung und fuhr ebenfalls nach rechts in die Beethovenstraße. Er sah gerade noch rechtzeitig, wie der blaue Kastenwagen in die zweite Straße links abbog.

Sebastian öffnete unwillkürlich den Mund, so als wolle er in seinem Inneren einen Druck ausgleichen, denn sein Herz schlug ihm plötzlich bis zum Hals.

Das war eine Sackgasse.

Und sie hieß Verdistraße.

Er hielt seinen Berlingo zehn Meter vor der Einmündung einfach auf der Straße an und stieg aus. Dann lief er auf die andere Seite und postierte sich hinter der Gartenhecke des Eckgrundstücks. Er schob seinen Kopf vorsichtig nach vorne und wagte einen Blick in die Verdistraße. Der blaue Kleintransporter stand mit laufendem Motor bereit, in eine Garage zu fahren. Durch eine Fernbedienung ausgelöst, öffnete sich soeben das mit einem roten Ferrari F40 bemalte Garagentor.

Martins Garagentor.

Dann fuhr der Kastenwagen in die Garage, und das Tor schloss sich wieder.

Sebastian lehnte sich mit dem Rücken an die dichte Hecke. Seine Beine wurden weich, und er rutschte an der Hecke hinunter, bis er mit dem Hintern auf dem kalten Gehweg saß. Ihm war plötzlich kochend heiß und er zitterte. Schweiß rann ihm von der Stirn in die Augen und tränkte den Hemdenstoff in seinen Achselhöhlen. In seinem Mund formte sich ein verstörtes »Nein«, aber es kam ihm nicht über die Lippen.

Stattdessen kam etwas anderes hoch.

Er würgte und würgte. Dann erbrach er sich nach vorne zwischen die Beine auf den Asphalt. Dann weinte er.

Martin?

Das konnte doch nicht sein. Er sah hinauf in den Himmel und schluchzte hemmungslos.

Verschwommen nahm er am Rande wahr, wie ein dunkler Familienkombi sich langsam an der noch offen stehenden Fahrertür seines Berlingos vorbei manövrierte. Kinderaugen sahen ihn aus dem vorbeischleichenden Fahrzeug an, aber der Fahrer nahm demonstrativ keine Notiz von ihm und fuhr einfach weiter. Sebastian kramte ein Taschentuch aus der Hose und wischte sich damit den Mund ab. Er ließ es neben sein Erbrochenes fallen und stand langsam auf. Es ging ihm nicht gut. Er wackelte auf seinen weichen Beinen.

Dann tastete er sich vorsichtig zu seinem Wagen, setzte sich wieder hinters Steuer und schloss die Tür. Seine Stirn ließ er auf das Lenkrad sinken. So zusammengekauert rasten ihm tausend Fragen und Gedanken ungeordnet durch den Kopf. Ihm wurde wieder schlecht. Schnell öffnete er die Fahrertür und beugte sich nach draußen. Er würgte erneut, aber es kam nichts mehr. Dann lehnte er sich zurück und legte seinen Kopf in den Nacken. In dieser Haltung atmete er mehrmals langsam ein und aus, bis das Unwohlsein verschwunden war und es ihm besser ging.

Jetzt wurden auch seine Gedanken klarer.

Martin selbst hat die kleine Jessica entführt. Warum? Sebastian schüttelte unbewusst den Kopf. Warum? Er hatte eine tolle Karriere hingelegt, war jetzt Kriminalrat. Als solcher verdiente er ein Vielfaches von dem, was Sebastian verdiente. Warum setzte er alles aufs Spiel und wurde zum Verbrecher? Sebastian bewegte seine Augen ständig hin und her, so als suche er mit seinem geistigen Auge eine Antwort. Dann erinnerte er sich daran, dass

Martin auch mit Halil und Achmed Backgammon spielte. Dabei ging es um höhere Einsätze, das wusste er. Die beiden Brüder betrieben einen Imbiss am Bahnhof. Und auch, wenn dieser sehr erfolgreich lief, konnten Halil und Achmed nicht um eine Einsatzhöhe spielen, die Martin selbst bei ständigen Verlusten in die Verzweiflung hätte treiben können.

Sebastian hatte eine Idee.

Er wendete, fuhr zum nächsten Geldautomaten und hob eintausend Euro ab. Damit fuhr er zum Bahnhof und betrat den dortigen Imbiss. Er ging um die Verkaufstheke herum und zog den dahinter stehenden Achmed am Arm in den benachbarten Küchenraum.

»Was soll das, Basti?«

Sebastian hielt ihm das Bündel Geldscheine hin und sagte: »Martin hat mir alles erzählt. Ich bin hier, um seine Spielschulden zu bezahlen.«

Der Türke sah zuerst verwundert auf die Geldscheine und dann fragend Sebastian an.

»Ich verstehe nicht, Basti. Was willst Du denn mit den paar Kröten? Und vor allem, was willst Du bei uns?«

Nun war es Sebastian, der ungläubig guckte.

»Wenn, dann musst Du Mohammed finden. Aber das da«, er zeigte verächtlich auf die eintausend Euro, »wird er Dir ins Gesicht werfen. Und dann wärest Du froh, ihn nicht gefunden zu haben.«

»Wer ist Mohammed?«

»Das willst Du nicht wissen, Basti. Du weißt schon, eine von den ganz großen Nummern. Halte Du Dich da raus, Basti. Bei ihm hat Martin Spielschulden, nicht bei uns.

Unsere Einsätze waren ihm längst zu niedrig.«

»Wie viel?«

Sebastian sah Achmed scharf an. Dieser schaute betroffen zu Boden. Dann packte Sebastian ihn an den Schultern und schüttelte ihn.

»Wie viel bekommt dieser Mohammed? Raus damit.«

Achmed löste sich aus dem Griff und trat einen Schritt zurück.

»Zwei- oder dreihunderttausend Euro. Ich weiß es nicht genau«, sagte er leise. Sebastian wurde wieder schwindelig, und er stützte sich an der gekachelten Küchenwand ab.

Das wollte er wissen.

Dann steckte er sein Geld wieder ein und wankte langsam aus dem Imbiss an die frische Luft. Er überquerte den Bahnhofsvorplatz und setzte sich bei dem angrenzenden Grünstreifen auf eine Bank. Vor seinem geistigen Auge sah er Jessica in Martins Keller eingesperrt. Er dachte daran, dass er ihr die Haare abgeschnitten hat, und malte sich aus, wie sie auf einer Matratze auf dem Kellerboden kauert, vermutlich mit einem Arm oder Bein an irgendein Wasserrohr oder dergleichen gekettet. Er fühlte ihre Angst, sah sie zittern und weinen.

Und dann war er blitzartig da. Ein Gedanke.

Ein Gedanke, der ihm wie ein Faustschlag in die Magengrube fuhr. Er *selbst* lag ja bewusstlos auf Martins Couch und war damit schutz- und wehrlos in dessen Gewalt. Er musste sofort zurück.

Panik stieg in ihm auf. Martin hatte begonnen, ihm zu glauben, als er ihm von dem Tathergang berichtet hatte. Er wagte es fast nicht, die damit einhergehende Konsequenz zu denken. Martin würde ganz sicher davon ausgehen, dass Sebastian diesmal die Wahrheit gesehen haben wird. Seine Mundhöhle und seine Zunge wurden staubtrocken.

Was passiert, wenn Dein bewusstloser Körper stirbt, hatte er ihn gefragt. Sebastian spürte deutlich, dass sein Gesicht weiß wurde. Sein Herz klopfte, er zitterte und er konnte nicht mehr schlucken. Er musste sofort zurück, bevor Martin ihn aus dem Weg räumen konnte. Er schaute auf seine Uhr. Es war inzwischen halb acht. Er war jetzt neun Stunden hier, das waren 540 Minuten. Für Martin waren also bisher etwas mehr als fünf Minuten vergangen. Werden ihm fünf Minuten ausgereicht haben, seine sicher vorhandenen Hemmungen zu überwinden?

Sebastian sprang auf und rannte zu seinem Auto. Eine Entführung ist eine Sache, aber würde Martin auch töten, noch dazu seinen besten Freund? Er startete den Motor und raste los. Während er, so schnell er konnte, zurück zur Verdistraße fuhr, versuchte er, sich Martins Lage vorzustellen. Dem blieb sicher nichts anderes übrig. Martin konnte es nicht riskieren, ihn wieder aufwachen zu lassen. Martin würde überzeugt davon sein, Sebastian nicht zu seinem Mitwisser und Mittäter wird machen können. Er musste ernsthaft befürchten, dass sein Spiel aus sei, wenn Sebastian zurückkam.

Er gab noch mehr Gas. Wie lange würde Martin brauchen, sich davon zu überzeugen, seinen bewusstlosen Freund töten zu müssen? Wie lange hält die natürliche Hemmschwelle einen Menschen davon ab, so etwas zu tun? Martin wusste ja selbst erst seit wenigen Minuten, in welcher Gefahr er durch Sebastians Fähigkeit schwebte. Er musste also selbst in Panik sein. Er wird sich immer wieder sagen, dass er keine Zeit zu verlieren hatte, denn er musste ja damit rechnen, dass Sebastian sofort versuchen würde, zurück zur Couch zu gelangen, sobald er die Wahrheit herausgefunden hatte.

Er fluchte.

Mit dem unnötigen Sprung in den Trockenkeller um halb elf und mit dem Besuch im Imbiss hatte er schon viel zu viel Zeit vergeudet. Wertvolle Minuten, die ihn jetzt das Leben gekostet haben könnten. Hier in dieser Welt konnte er nichts dagegen tun. Er musste zurück in seinen Körper, um sich notfalls wehren zu können. Wenn es denn hoffentlich noch nicht zu spät war.

Und wenn doch?

Was würde passieren, wenn er eine Raumparallelität zu seinem toten Körper herstellte? Würde er dann hier in diesem Sebastian Gruhn verbleiben oder tauchte er ein in das stille schwarze Nichts des Todes?

Endlich erreichte er die Verdistraße. Er parkte direkt vor Martins Haus, stieg aus und rannte auf die Haustür zu. Dort klingelte er und wartete. Nichts geschah. Er klingelte noch einmal. Dann begann er in seiner Panik damit, Sturm zu klingeln. Endlich wurde die Tür geöffnet. Vor ihm stand Martin in einem blauen Trainingsanzug. Sein Blick verriet Hektik und Stress.

»Basti! Was machst Du denn hier?«

Sebastian dachte nicht daran, sich mit irgendeinem Vorwand auf ein Gespräch einzulassen. Er musste die

Couch im Wohnzimmer erreichen. Egal wie und so schnell wie möglich. Dieser Martin hier bedeutete ihm nichts. Ohne auf die Frage zu antworten, trat er seinem Gegenüber zwischen die Beine. Dieser presste die letzte Luft aus seinen Lungen, schrie kurz auf und sank vor Schmerz gekrümmt auf die Knie. Sofort stieg Sebastian über Martins Körper hinweg in die Diele.

Er kam jedoch nicht weit, denn ein fester Griff umklammerte plötzlich seinen Knöchel, und er fiel hin. Martin stöhnte immer noch vor Schmerzen, aber er war geistesgegenwärtig genug, zuzugreifen.

»Lass los!«, schrie Sebastian und trat Martin mit dem freien Fuß ins Gesicht. Dieser blutete sofort aus einer gebrochenen Nase und ließ Sebastians Fuß los. Aber Martin Osterkorn war nicht gewillt aufzugeben. Er ignorierte Schmerz und Blut und sprang den sich aufrappelnden Sebastian von hinten an. Er schlang seine Arme um dessen Beine und brachte ihn erneut zu Fall.

»Zum Teufel, Basti, was soll das hier?«, keuchte er.

Die beiden Männer wälzten sich auf dem Dielenboden und schlugen dabei wie wild aufeinander ein. Immer wieder versuchte Sebastian, sich zu lösen und aufzuspringen. Immer wieder bekam ihn Martin zu packen. Dann plötzlich traf ein Faustschlag Sebastian an der Schläfe, und er wurde ohnmächtig.

Martin richtete sich erschöpft auf und schloss die Haustüre. Dann öffnete er die Schublade seiner Kommode und holte ein Paar Handschellen heraus. Er drehte Sebastians Körper auf den Bauch und fesselte dessen

Hände auf den Rücken. Dabei wachte Sebastian wieder auf. Schwer atmend keuchte Martin:

»Und jetzt will ich eine Erklärung.«

Sebastian sagte nichts. Martin griff ihm unter die Schultern und schleifte ihn ins Wohnzimmer.

»Ob Du willst oder nicht, wir beide werden uns jetzt unterhalten«, sagte er.

Und als er ihn anhob, um ihn auf die Couch zu hieven, sagte Sebastian: »Gleich werde ich

Das Testament

Martha Vadeva führt ein geruhsames Leben in Rom. Doch dann offeriert ihr eine schwedische Anwaltskanzlei ein größeres Erbe, von dem sie nichts weiß. Erst als sie sich auf ein Treffen mit den Anwälten einlässt, wird sie mit einer Vergangenheit konfrontiert, die sie längst verdrängt zu haben glaubte ...

»Das ist sie.«

Jens Karlson neigte seinen Kopf fast unmerklich und deutete so auf eine elegant gekleidete Frau Anfang sechzig, die soeben das Foyer des Hotels betreten hatte.

»Das können Sie doch überhaupt nicht wissen«, erwiderte Sven Anders Börgelund. »Sie haben sie doch noch nie in Ihrem Leben gesehen.«

Karlson ließ seinen Blick auf der Frau ruhen.

»Ich weiß es einfach.«

Vor lauter Nervosität war Martha Vadeva zunächst in sicherer Entfernung vom Hotel stehen geblieben. Es überkam sie erneute Unsicherheit, ob sie es wirklich betreten sollte. Vor zehn Minuten hatte sie den Taxifahrer angewiesen, sie in der Via Toscana aussteigen zu lassen. Dann war sie die 100 Meter bis zur Via Campania geschlendert und stand nun unschlüssig an der Ecke, an der sich die beiden Straßen kreuzten.

Sie schaute in westlicher Richtung auf das große weiße und ehrwürdige Gebäude am Ende der Via Campania, das Hotel Victoria. Das Haus war nicht die erste Adresse in Rom, aber für Marthas eigenes persönliches Dafürhalten dennoch zu exklusiv. Sie schätzte, dass das Victoria sicher so um die 200 Euro für eine Übernachtung verlangen wird. Hier gastierten nicht die Superreichen, aber das Victoria war sehr beliebt bei den durchaus wohlhabenden Touristen und Geschäftsreisenden, die Rom besuchten. Es lag direkt neben der alten Stadtmauer, und aus seinen Fenstern überblickten seine Gäste die schönen Gärten der Villa Borghese. Obwohl es mitten im Zentrum war, so lag es an der Via Campania trotzdem ruhig.

Martha fröstelte.

Es war immer noch kühl im März. Der Himmel war bedeckt. Am Morgen hatte es kurz geregnet. Es dürften so um die fünf, maximal sieben Grad Celsius sein. Ihre Kleidung hatte sie, dem Anlass entsprechend, geschäftlich gewählt. Ein dunkelgrauer Anzug, bestehend aus Hose und Blazer, darunter eine dunkelblaue Bluse. Gegen die Kühle der Jahreszeit trug sie darüber einen beigefarbenen, knielangen Mantel. Allerdings hatte sie ihr Haar zu einem Dutt gebunden, so dass der leichte Märzwind unablässig ihren Nacken ungeschützt streifte. Was waren das für Leute, die im Victoria auf sie warteten?

Deren ersten Brief hatte sie nach einem kurzen Überfliegen einfach weggeworfen. Sie hielt ihn für einen dieser Bauerntricks, bei denen Betrüger zunächst behaupten, man habe einen Preis gewonnen, für dessen Einlösung sie aber in einem zweiten Schritt eine Gebühr oder den Anruf bei einer teuren Hotline verlangten. Von den Absendern, geschweige denn dem Preis, hörte man dann nie wieder etwas. Die Adresse der Absender war, wenn überhaupt eine angegeben war, oft fingiert.

Es war ein Brief von einer schwedischen Anwaltskanzlei, in dem behauptet wurde, ihr, Martha Vadeva, Besitzerin einer kleinen Mode-Boutique, stünde ein größeres Erbe zu. Ferner wurde sie in dem Schreiben gebeten, die beiliegende Erklärung auszufüllen. Mit dieser

Erklärung und ihren Ausweisdokumenten sollte sie daraufhin bei einer römischen Partner-Sozietät persönlich vorstellig werden und bestätigen, dass sie jene Martha Vadeva sei, die der Absender recherchiert zu haben glaubte.

Die Daten, die der Brief enthielt, beschrieben zweifelsfrei sie. Das Geburtsdatum stimmte exakt. 12. Juni 1948. Auch stimmte, dass sie in Ostia aufgewachsen war und seit 1985 mit Alberto Vadeva verheiratet, ja sogar, dass dieser 2002 verstorben sei. Nach der ersten Lektüre empörte Martha sich darüber, zu welchem Schindluder die Datenbanken des modernen Internets missbraucht werden können. Wo sollte das noch hinführen? Alles wurde immer gläserner. Selbst in Ballungszentren wie Rom war der einzelne Mensch inzwischen so transparent, wie er es früher nur in den kleinen Dörfern auf dem Land gewesen war.

Zwei Wochen danach, als sie diesen Brief längst wieder vergessen hatte, erhielt sie diesen eigenartigen Anruf. Eine männliche Stimme, die sich ihr als Sven Anders Börgelund vorstellte, sprach sie in gepflegtem Italienisch, wenn auch mit nordeuropäischem Akzent, an. Der Mann stellte sich als Absender jenes besagten Briefes vor und versicherte ihr, dass es sich um keinen Scherz, keinen Betrug, sondern um eine seriöse Angelegenheit handele. Es sei für sie selbst, aber auch für seinen Mandanten sehr wichtig, dass Martha sich bei Gelegenheit mit ihnen in Rom treffe, um die Angelegenheit zu besprechen. In dieser Stimme konnte Martha weder etwas Bedrohliches noch etwas

Falsches entdecken. Im Gegenteil, die Stimme hatte etwas Vertrauenswürdiges an sich. Sie hatte sich daher auf ein längeres Gespräch am Telefon eingelassen. Aber jeder Versuch ihrerseits, Einzelheiten oder Zusammenhänge dieser sogenannten Erbschafts-Angelegenheit zu erfahren, wurden von dem Anrufer geschickt umgangen und auf das erwünschte Treffen vertagt.

Vier Tage nach diesem Telefonat erhielt sie per Einschreiben eine Zweitausfertigung des von ihr weggeworfenen Briefes, und weitere zwei Tage danach hatte sie sich dazu durchgerungen, mit jener gewünschten Erklärung sowie ihren Ausweisdokumenten in der angegebenen römischen Partner-Sozietät vorzusprechen und dort persönlich ihre Identität zu bestätigen.

Der italienische Notar bat sie in sein Büro, bedeutete ihr, vor seinem Schreibtisch Platz zu nehmen, begutachtete die Dokumente und wählte dann wortlos eine längere Telefonnummer. Er bestätigte seinem Gesprächspartner am anderen Ende der Leitung, dass er sich persönlich von der Identität seiner Besucherin sowie ihrer Geschäftstauglichkeit habe überzeugen können. Daraufhin sah er Martha über seinen großen Schreibtisch hinweg in die Augen und hielt ihr wortlos seinen Telefonhörer hin.

»Signora Vadeva?«, erklang die ihr aus dem früheren Telefonat vertraute Stimme mit nordeuropäischem Akzent aus der Muschel.

»Si ...?«

»Hier ist Sven Anders Börgelund aus Stockholm. Ich

freue mich, dass Sie sich ein Herz gefasst haben, und ich hoffe, Signore Castellani konnte Sie davon überzeugen, dass wir in ernster und seriöser Angelegenheit Ihren Kontakt suchen.«

Das war im Januar, vor zwei Monaten. Vermutlich hatte Signore Castellani, der Notar, seinen Anwalts-Kollegen aus Stockholm das Victoria empfohlen. Martha erinnerte sich nämlich, dass seine Kanzlei hier in der Nähe war, nur ein paar Straßen weiter, in der Via Lazio.

Inzwischen war ihr richtig kalt geworden und sie zitterte. Ihre Nervosität trug sicher einen nicht unwesentlichen Teil dazu bei. Und diese Nervosität wiederum wurde gespeist aus einem nicht unbeträchtlichen Anteil Neugierde. Alberto, ihr verstorbener Mann, stammte aus einfachen Verhältnissen, ebenso wie ihre eigene Familie. Sie hatte keine Ahnung, wer ihr etwas zu vererben gehabt hätte. Der klassische Auswanderer in die neue Welt vor 200 Jahren, der es zu etwas gebracht hatte und dessen Nachkomme sich nun in seinem Testament wehmütig der einst zurückgelassenen Familie erinnert? So etwas gab es nur in Filmen und Romanen. Außerdem wusste sie nichts über irgendeinen Vorfahren, der vor, während oder nach dem großen kalifornischen Goldrausch ausgewandert war. Ihre Familiengeschichte wies nichts dergleichen auf. Und selbst wenn, was hätte eine schwedische Kanzlei damit zu tun?

Martha Vadeva gab sich einen Ruck. Sie ging langsam die Via Campania hinunter und näherte sich dem Victoria. Es wurde ihr auch einfach nur zu kalt. Sie wollte ins

Warme. Im Hotel, so war es verabredet, würde Sven Anders Börgelund mit seinem Mandanten auf sie warten. Vor dem großen Eingangsportal hielt sie noch einmal kurz inne und betrat dann mit betont geradem Rückgrat das Foyer des Hotels.

Um diese Tageszeit, mittags, war nicht viel los. Eine junge Frau um die Dreißig, augenscheinlich eine Touristin, stand an der Rezeption und unterhielt sich mit dem Mann dahinter. Wie es für ein solches Hotel üblich war, trug dieser eine gediegene Uniform und schien die Hilfsbereitschaft in Person zu sein. Geradeaus führte der dunkelblaue Läufer, auf dem Martha stand, zwischen zwei mächtigen weißen Säulen eine kleine Treppe hinauf in den höher gelegenen Teil der Eingangshalle. Die ganze Atmosphäre war hell. Hohe Fenster fluteten das Foyer mit Tageslicht. Rechts neben den Säulen, noch hier auf der unteren Ebene, standen zwei sandfarbene, wuchtige Ledersessel. Sie flankierten einen vergleichsweise kleinen dunklen Tisch, auf dem zwei weiße Porzellantassen mit Kaffee standen. Und diese wiederum gehörten zweifelsfrei zu den beiden Herren, die in den Sesseln saßen. »Das müssen sie sein«, schoss es ihr durch den Kopf. Der jüngere der beiden, ein schlanker blonder Mann von etwa 28 oder 29 Jahren, rein äußerlich der typische Schwede, heftete unbewegt seinen Blick auf sie. Der ältere, ein Mann Mitte fünfzig mit grauen Schläfen, flüsterte dem jüngeren etwas zu. Der junge wiederum flüsterte nur kurz zurück, ohne allerdings seinen Blick von ihr abzuwenden.

In diesem Moment war Marthas Nervosität

verschwunden. Die beiden Schweden machten auf den ersten Blick einen angenehmen Eindruck auf sie. Martha Vadeva machte einen Schritt auf die beiden Männer zu. Sofort erhob sich der Ältere und bewegte sich seinerseits auf sie zu. Der Jüngere tat es ihm gleich, aber deutlich langsamer. Nicht behäbiger, sondern eher bewusster.

Der Ältere bot ihr seine Hand und begrüßte sie in der ihr aus dem Telefongespräch vertrauten Stimme.

»Signora Vadeva? Ich bin Sven Anders Börgelund. Ich freue mich sehr, Sie kennenzulernen.« Börgelund drehte sich zu seinem jüngeren Begleiter um und fuhr fort.

»Signora Vadeva, darf ich Ihnen Signore Karlson vorstellen?«

Martha wandte sich zu dem jungen Schweden und reichte ihm mit einem betonten »Signore Karlson?« ihre Hand. Karlsons Händedruck war fest und männlich, aber ungewöhnlich kurz. Etwas unsicher vielleicht. Der junge Mann schien nervöser als sie selbst es bis vor einigen Minuten noch gewesen war. Karlson war etwas größer als sie und sah sie aus blauen und aufmerksamen Augen an. Sein Gesicht war nicht sonderlich markant, eher etwas rund wie bei einem gesunden und wohlgenährten Schuljungen. Das einzig Markante an ihm war eine kleine längliche Narbe über seiner Halsader, die vermutlich von einer kürzlich erlittenen Verletzung oder einer kleinen Operation herrührte.

»Buon gio ...giorno, Signora.« Sein Stottern verriet seine Unsicherheit endgültig. Martha amüsierte das.

»Entschuldigen Sie Signore Karlson bitte«, ergriff Börgelund das Wort. »Er spricht leider kein einziges Wort

Italienisch und das "Buon giorno" habe ich ihm erst mühsam eintrichtern müssen. Obwohl er es war, der mir den Auftrag erteilte, Sie zu finden, wird er unserer Unterhaltung nicht folgen können. Ich fungiere also nicht nur als Anwalt, sondern auch als Dolmetscher, müssen Sie wissen.«

Martha nickte dem jungen Mann lächelnd zu, der seinerseits versuchte, eben dieses nickende Lächeln schüchtern zu erwidern.

»Ich habe mir erlaubt, uns im Restaurant einen Tisch zu reservieren, damit wir uns zunächst bei einer mittäglichen Kleinigkeit etwas kennenlernen können«, führte Börgelund weiter aus.

»Wenn Sie erlauben ...?«

Mit diesen Worten wies er die kleine Treppe hinauf.

»Gehen Sie doch bitte vor, Signore Börgelund«, erwiderte Martha Vadeva.

Das Hotelrestaurant zeigte eine ebenso gehobene Eleganz wie die anderen Partien des Hauses, an denen sie vorbei gekommen waren. Neben den Leuchtern an den Wänden, die ihrerseits im Stile des 19. Jahrhunderts tapeziert waren, befanden sich noch weitere dezente Leuchtquellen in den Vertiefungen der mit modernen und geradlinigen Stuckleisten verzierten Decken. Sie tauchten den Raum in ein sehr angenehmes gelbes Licht. Kleine quadratische Tische mit ockerfarbenen Tischdecken waren klassisch eingedeckt. Weißes Porzellan, Gläser für Wein und Wasser, verziertes Besteck, in Rosenform gefaltete Servietten. Außerdem durften auch eine kleine

Blumenvase und sogar eine kleine Tischlampe mit Schirm nicht fehlen. Dazu bildeten in Bordeaux bezogene Stühle mit einer elegant geschwungenen Rahmenführung aus Edelholz den passenden farblichen Kontrast.

Der Kellner führte seine Gäste so höflich wie wortlos an einen für drei Personen eingedeckten Tisch in einer etwas stilleren Ecke des Restaurantsaales. Die beiden Herren ließen die Dame selbstverständlich zuerst Platz nehmen, bevor auch sie sich hinsetzten. Dabei rückte der Kellner Marthas Stuhl so zurecht, dass sie sich bequem, ohne eigene Mühe, setzen konnte. Erneut führte der ältere Anwalt durch das anstehende Geschehen.

»Ich darf annehmen, dass Sie Carpaccio mögen?«

Martha nickte freundlich.

»Bevorzugen Sie Wein oder Wasser dazu?«

»Nur Wasser bitte.«

Der Schwede gab dem Kellner nur ein Nicken mit auf den Weg. Offenbar hatte er es so vorausgesehen.

Nun begann Börgelund damit, sich und seinen Begleiter ausführlicher vorzustellen. Sven Anders Börgelund selbst war als Rechtsanwalt Seniorpartner einer größeren Stockholmer Kanzlei. Er hatte den klassischen Weg des oberen Mittelstandes hinter sich. Jurastudium in Stockholm und Cambridge, Auslandsaufenthalte in Frankreich, Italien und Russland, 55 Jahre alt, verheiratet, zwei Kinder.

Jens Karlson dagegen war 34 Jahre alt. Martha hatte ihn anfangs ein paar Jahre jünger eingeschätzt. Sie fand aber, das sei auch schwierig bei einem gut aussehenden blonden Skandinavier. Nordeuropäer waren für sie schwer zu schätzen. Karlson betrieb in einer kleinen Stadt namens Knivsta, zwischen Stockholm und Uppsala gelegen, eine Fabrik für Holzpellets, die er von seinem Vater geerbt hatte. Dieser war vor sieben Jahren bei einem Autounfall ums Leben gekommen. Karlsons Mutter dagegen starb schon wenige Tage nach seiner Geburt.

Über den dolmetschenden Anwalt ließ Martha dem jungen Unternehmer kurz und höflich ihr Beileid aussprechen, als Börgelund das Schicksal der Eltern beschrieb. Karlson nickte höflich und lächelte sie kurz an. Dann überließ er seinem Anwalt weiter das Wort.

Karlson hatte es wegen des wachsenden Marktes für natürliche Energiequellen zu dem gebracht, was man einen gehobenen Wohlstand nannte. Martha würde es Reichtum nennen. Sie fragte sich kurz, ob der Tod von Karlsons Eltern irgendetwas mit ihr zu tun haben könnte, aber sie konnte sich keinen Reim darauf machen oder irgendeine Verbindung zu ihrer eigenen Familie herstellen. Außerdem schienen seine Eltern in ihm ja wohl offensichtlich einen Erben gefunden zu haben, der das Erbe ja auch angetreten zu haben schien.

Sie entschloss sich, den Ausführungen Börgelunds weiter zu folgen und ihre Neugierde und ihre Fragen hintenan zu stellen. Allerdings fiel ihr auf, dass der Junge aus Knivsta sie immer wieder musterte, ihrem direkten Blick dagegen auswich. So konnte sie immerhin mit einem eigenen ungestörten Blick erkennen, dass ihr erster Eindruck im Foyer sie getäuscht hatte. Jetzt, da sie ihm so nah gegenübersaß und ihn selbst einmal kurz musterte, bemerkte sie, dass die Narbe am Hals keine Narbe, sondern eine Art Muttermal war. Eine kurze, längliche, aber natürliche Pigmentstörung dort über der dicken Halsader, die selbst wiederum deutlich sichtbar das unaufhörliche Pochen seines Herzens verriet. Je intensiver sie wahrnahm, dass der junge Mann offenbar innerlich nicht so ruhig war, wie er zu erscheinen vorgab, desto ruhiger wurde sie selbst. Innerlich musste sie sogar ein wenig grinsen.

Börgelund beendete die Vorstellung mit den Tatsachen, dass Karlson bereits seit 10 Jahren verheiratet, aber noch kinderlos sei, dass er in Stockholm Betriebswirtschaft studiert habe und derzeit plane, mit seinem Betrieb nach Finnland und in die baltischen Staaten zu expandieren.

Danach ergriff die Italienerin das Wort:

»Ich finde es sehr freundlich und aufmerksam von Ihnen, mich so ausführlich ins Bild darüber zu setzen, wer sich die Kosten und Mühen macht, extra aus Stockholm nach Rom zu fliegen, um mit mir zu Mittag zu essen. Aber sicher können Sie sich auch vorstellen, dass das Ganze dennoch etwas befremdlich auf mich wirken muss, insbesondere, da ich mir absolut keinen Reim auf den Anlass zu machen in der Lage bin, wegen dem Sie mich baten, mit Ihnen zu speisen.«

Der 55-jährige Anwalt sah Martha an.

Sein Mandant jedoch schaute seinen Anwalt an und wartete auf die Übersetzung. Jens Karlson schien neugieriger auf jedes Wort von ihr zu sein, als sie selbst es in Bezug auf den ganzen Anlass war. Jetzt aber, da dieser sein Gesicht zu dem an seiner Rechten sitzenden

Börgelund gedreht hatte, fiel Marthas Blick erneut auf diese Pigmentstörung an Karlsons linker Halsseite. Und obwohl es nichts weiter war als eine kleine natürliche Hautverfärbung, erschrak sie jetzt bei ihrem Anblick. Zunächst konnte sie sich nicht erklären, was sie daran störte oder gar erschrecken ließ.

Aber dann waren sie plötzlich wieder da, die Bilder vom 28. März 1975. Jene Bilder, die sie schon verbannt zu haben glaubte. Seit vielen Jahren schon. Die Bilder jenes Tages, an dem sie nachmittags nach Hause kam und schon beim Betreten des Hauses durch die Diele hindurch die zerborstene Terrassentür und die herausgerissenen Schubladen wahrnahm. Der Tag, an dem sie Giovanni tot im Schlafzimmer vorfand. Auf dem Boden liegend, der Teppich mit seinem Blut durchtränkt, weit aufgerissene Augen und ein großer, sauberer Schnitt durch den Hals, das letzte Blut noch zähflüssig sickernd aus einer klaffenden Schnittwunde, an eben jener Stelle, an der Karlson dieses Muttermal aufwies.

Martha wandte sich ab.

Sie bekam noch ein paar Brocken Schwedisch mit, bevor sie von Börgelund erneut in Italienisch angeredet wurde.

»Signora? Ist Ihnen nicht gut?«

»Doch, doch. Mir ist nur gerade ..., ich habe ..., bitte lassen Sie sich ..., entschuldigen Sie mich bitte einen Moment.«

Martha stand auf, steuerte auf die Türen mit den eindeutigen Piktogrammen zu und verschwand in den Räumen der Damentoilette. Sie atmete ein paar Mal tief durch.

Giovanni!

Ihre erste, ihre einzige große Liebe. Ermordet von Einbrechern, die er überrascht haben musste. Der oder die Täter wurden jedoch nie gefasst. Der Fall blieb letztendlich unaufgeklärt. Die Bilder von der klaffenden, blutenden Wunde am Hals, die weit im Schrecken aufgerissenen Augen, hatten sie lange Zeit verfolgt, nicht nur in ihren Träumen, sie tauchten auch im Alltag immer wieder auf. Es hatte lange gedauert, bis sie Martha in Frieden ließen. Seit etwa zehn Jahren waren sie nahezu völlig verschwunden. Dadurch, dass dieses Muttermal am Hals von Jens Karlson sie erneut heraufbeschworen hatte, wurde sie unerwartet auf dem falschen Fuß erwischt, und sie musste sie zum ersten Mal seit vielen Jahren erneut herunterschlucken. Nachdem Martha sich wieder gefasst hatte, kehrte sie zu ihren Besuchern zurück.

»Entschuldigen Sie bitte, meine Herren. Ich nehme seit einiger Zeit ein Medikament, das meinen Blutdruck reguliert«, log sie, »ich musste mal eben, verstehen Sie ...?«

Martha hatte am Tisch wieder Platz genommen.

»Ich schlage vor, wir setzen da an, wo wir eben aufgehört hatten?«, leitete sie mit einem fragenden Unterton über.

»Sie brachten den Anlass unserer Zusammenkunft ins Gespräch«, erinnerte Börgelund sie.

»Richtig! Sehen Sie, vielleicht sind solche Situationen für Sie ja Alltag. Aber für mich sind sie das nicht. Sie konfrontieren mich mit einer Behauptung, die ich nicht nachvollziehen kann. Und ich wäre Ihnen sehr dankbar, wenn Sie für mich etwas Licht in das rätselhafte Dunkel bringen könnten.«

Martha bemühte sich um einen ernsten und bestimmten Gesichtsausdruck. Trotz ihrer 62 Jahre war sie immer noch eine schöne Frau. Es war nicht schwer, sich vorzustellen, wie sie als junge Frau die Blicke der Männer auf sich gezogen hat.

»Natürlich, Signora Vadeva. Sie haben völlig Recht. Ich schlage vor, ich erkläre Ihnen nun, aus welchem Grund wir Sie aufgesucht haben und was genau der Zweck unseres heutigen Treffens ist. Die konkreten Einzelheiten jedoch sollten wir nicht hier in der Öffentlichkeit besprechen. Zu diesem Zweck ziehen wir uns in die Kanzlei von Signore Castellani in der Via Lazio zurück. Sie befindet sich gleich um die Ecke, nur wenige Hundert Meter von hier. Einverstanden, Signora Vadeva?«

»Einverstanden, Signore Börgelund.«

Der Anwalt wechselte einen kurzen Blick mit seinem jungen Mandanten. Dann sah er Martha in die Augen.

»Signora Vadeva, wir sind davon überzeugt, dass Ihnen ein größeres Erbe zusteht, wie ich es Ihnen gegenüber in unserer bisherigen Korrespondenz und in den Vorgesprächen bereits angedeutet habe. Bevor wir jedoch nachher in der Via Lazio auf die Details eingehen, halte ich es für erforderlich, Sie auf bestimmte Umstände aufmerksam zu machen, die mit unserem Gespräch verbunden sind.«

Martha legte den Kopf etwas zur Seite und kniff die Augen zu einem prüfenden, ja misstrauischen Blick zusammen. »Ich soll vorher eine bestimmte Zahlung leisten?«, unterbrach sie Börgelund. Dieser aber lachte nur und machte eine abwehrende Handbewegung.

»Oh nein, oh nein, Gott bewahre! Nein, Signora, bitte missverstehen Sie mich nicht. Das Gegenteil ist der Fall. Lassen Sie mich bitte erklären.«

Der Anwalt stellte sein Wasserglas etwas zur Seite, um mit seinen Händen frei gestikulieren zu können, während er sprach:

»Aufgrund bestimmter Umstände, auf die ich noch zu sprechen kommen werde, fühlt sich Signore Karlson hier verpflichtet, dafür zu sorgen, dass Sie erhalten, was Ihnen seiner Meinung nach zusteht. Wenn Sie so wollen, wünscht Signore Karlson eine Garantie einzulösen, die er jemandem vor langer Zeit gegeben hat.«

Martha sah den jungen Mann erstaunt mit hochgezogenen Augenbrauen an. Was hatte dieser blonde Junge aus dem fernen Schweden mit ihr zu tun? Sie sah ihm in die Augen, und diesmal hielt der Mann aus Knivsta ihrem Blick stand. Er erwiderte ihn mit einer eigentümlichen Wärme, die sie zwar registrierte, aber nicht einordnen konnte. Es war mehr als nur die Wärme eines anständigen Menschen. Sein sanftes Lächeln sprach sie an auf eine ganz eigenartige Weise. Es schien ihr, als zöge sein Blick sie hinüber auf seine Seite des Tisches. Eine fast surreale Sekunde entstand in der bewegungslosen Luft zwischen ihnen, so als liefe ein Film ab, bei dem der Vorführer versehentlich und auch nur für einen Sekundenbruchteil an den Pausenknopf des Vorführgerätes gekommen wäre. Der Anwalt sprach weiter:

»Viele Jahre lang hat Signore Karlson den Fall selbständig recherchiert, bis er sich voriges Jahr an mich wandte. Ich half ihm, Sie ausfindig zu machen. In der gesamten Zeit hat Signore Karlson keine Kosten gescheut, um die Aufklärung der Zusammenhänge voranzutreiben. Er bezahlt aus seinem Vermögen alle Aufwendungen bis zum heutigen Tag. Es besteht, das will ich vorwegnehmen, eine gewisse Wahrscheinlichkeit, dass Sie die Existenz des Erbes nicht akzeptieren oder sich alternativ entscheiden, das Erbe nicht einzufordern. Das ist in Ihr eigenes Ermessen gestellt. Wir sind hier, um sie über das Erbe und seine Zusammenhänge aufzuklären. Wenn Sie, was durchaus möglich ist, unsere Ausführungen nicht teilen oder im schlimmsten Fall den Kontakt zu uns abzubrechen wünschen, so wird Signore Karlson das akzeptieren. In diesem Fall nehmen wir übermorgen um kurz nach 18.00 Uhr unsere Maschine nach Frankfurt und fliegen von dort aus weiter nach Stockholm, und Sie hören nie wieder etwas von uns. Für den Fall jedoch, dass Sie sich entscheiden, uns zu glauben und sich für das Erbe entschließen, werden wir Ihnen in Kooperation mit Signore Castellani mit allen uns zur Verfügung stehenden Mitteln helfen, Ihre Ansprüche durchzusetzen. Und ich bin ausdrücklich ermächtigt, Ihnen zu versichern: 'Koste es, was es wolle', denn eines will ich Ihnen nicht verheimlichen. Es gibt keine Garantie, das Erbe auch tatsächlich zugesprochen zu bekommen und der Versuch, das zu erreichen, wird ein längeres juristisches Verfahren nach sich ziehen mit den damit verbundenen Kosten. Und selbst für diese Kosten wird, völlig unabhängig von den Erfolgsaussichten oder dem Ergebnis, ganz alleine Signore Karlson aufkommen.«

Es entstand ein unangenehmer Moment der Stille.

»Ich glaube, ich kann Ihnen gerade nicht gut folgen, Signore Börgelund. Ich höre Ihre Erklärungen wohl. Dennoch könnten Sie genauso gut in Schwedisch mit mir reden, und ich würde ebenso viel von dem verstehen, was sie sagen, wie ich es jetzt tue.«

»Signora Vadeva, wir können derzeit nicht beweisen, dass Ihnen dieses Erbe zusteht. Um vor einem Gericht Ihre Ansprüche geltend machen zu können, fehlt uns ein entscheidendes Dokument. Aber wir sind davon überzeugt, dass es existiert, und wir benötigen Ihre Hilfe, um an dieses für Sie so entscheidende Beweisstück zu kommen. Und selbst, wenn wir es in Händen halten, ist der Erfolg bei diesem Versuch, Ihre Ansprüche durchzusetzen, immer noch nicht garantiert. Aber was wir Ihnen garantieren können, ist, dass Signore Karlson für alle Kosten aufkommen wird, die mit diesem Versuch verbunden sind.«

»Meine Herren, mir scheint, Sie zäumen das Pferd von hinten auf. Vielleicht sagen Sie mir erst einmal, worum es hier überhaupt geht?«

Martha klang nun etwas ungehalten.

Sie ließ ihren Blick kurz im Raum umherschweifen. Sie waren allein. Dann fuhr sie sich mit den Kuppen ihrer Zeigefinger über die Augenbrauen und redete weiter.

»Signore Börgelund, Sie haben nicht jahrelang recherchiert und all die bisherigen Anstrengungen auf sich genommen, wenn es darum ginge, mir vielleicht ein paar Tausender zukommen zu lassen. Also bitte erklären Sie sich deutlicher. Über was reden wir hier?«

Börgelund sah seinen Mandanten fragend an. Dieser wiederum erwiderte mit einem Blick, aus dem wortlos seine Ungeduld sprach, denn er wartete auf die Übersetzung dessen, was Martha soeben gesagt hatte.

Der Schwede zögerte kurz, dann übersetzte er Karlson die Frage. Daraufhin wendete dieser sich der Italienerin zu und antwortete, ohne den Blick von ihr zu wenden, in seiner schwedischen Muttersprache. Börgelund übersetzte simultan:

»Vorwiegend Besitztümer, aber auch Barmittel und Entschädigungen. Der Gesamtwert ist derzeit schwer einzugrenzen, dürfte aber etwa zwischen 250 und 400 Millionen Euro liegen.«

Martha Vadeva sank gegen die Rückenlehne ihres Stuhles. Ihr Brustkorb hob und senkte sich unter schweren Atemzügen. Sie sah mit starren und ausdruckslosen Augen zuerst Börgelund und dann Karlson an. Die beiden Männer sagten nichts. Sie erwiderten ihren Blick einfach nur ruhig, so als wollten sie ihr bestätigen, dass ihre Worte seriöser Natur gewesen waren. Und sie wussten, dass sie der Frau nun einige Momente des Begreifens zugestehen mussten, und taten das auch.

Martha kramte mit zittriger Hand in ihrer an der Stuhllehne hängenden Handtasche und fischte eine Packung Menthol-Zigaretten heraus. Sie entnahm der halbleeren Packung eine Zigarette und ein kleines Feuerzeug. Ihr Versuch jedoch, aus dem Feuerzeug eine

Flamme zu ratschen, misslang, weil ihre Finger zu feucht waren. Karlson nahm es ihr ab und entzündete es. Dann hielt er ihr die Flamme hin und begleitete diesen Akt mit ein paar schwedischen Worten, die Börgelund ebenso emotionslos übersetzte, wie Karlson sie gemeint hatte:

»Er fürchtet, dass das Rauchen in diesem Speisesaal nicht erwünscht ist.«

Mit der Zigarette im Mund beugte sich Martha mit gesenktem Kopf über die hingehaltene Flamme und nahm ein paar Züge. Dann lehnte sie sich wieder zurück.

»250 Millionen ...«, murmelte sie kaum hörbar zu sich selbst. Sie suchte nach einem Gefühl, diese Zahl einordnen zu können. Die Summe war so unvorstellbar hoch, dass sie sich ins Abstrakte verlor. Hätten die Männer ihr stattdessen eröffnet, es handele sich um 250.000 Euro oder auch eine Million, ja dann hätte sie den Wert greifen können. Wieviel eine Million wert ist, das kann auch eine mittelständische Frau, die derzeit ein paar Tausend auf ihrem Konto hat, fühlen. Das ist ein Wert, den man greifen kann. 250 Millionen dagegen waren einfach nur unbegreifbar abstrakt. Martha verlagerte ihre Gedanken auf einen anderen Aspekt, der ihr gerade bewusst wurde.

»Ich vermute«, ergriff sie vorsichtig das Wort, »dass Ihre bisherige und zukünftige Großzügigkeit in dieser Angelegenheit eine wohl kalkulierte Investition ist?«

Sie blies den Rauch mit zurückliegendem Kopf demonstrativ selbstbewusst in Richtung Zimmerdecke.

»Sie meinen,« hakte Börgelund nach, »Signore Karlson spekuliert auf eine Beteiligung im Erfolgsfalle?«

»Si.«

»Nein, Signora, der Gedanke ist sicherlich naheliegend, aber dem ist nicht so. Weder Signore Karlson noch meine Kanzlei beanspruchen auch nur einen Cent im Erfolgsfalle. Für Signore Karlson geht es ausschließlich um, sagen wir, Gerechtigkeit. Wie ich bereits erwähnte, fühlt er sich zutiefst verpflichtet, ein vor langer Zeit gegebenes Versprechen einzulösen, indem er Ihnen zu Ihrem seiner Meinung nach rechtmäßigen Erbe verhilft. Das ist alles. Nichts weiter!«

»Warum??«

Martha hatte genug von dieser scheinbaren Selbstlosigkeit. Ihr Ton wurde deutlich lauter.

Der Anwalt aus Stockholm drehte sich zu seinem Mandanten und fragte ihn etwas in Schwedisch. Dieser antwortete mit einem wortlosen kurzen Nicken.

»Signore Karlson ist am 24. Dezember 1975 geboren. Betrachten Sie sein Bemühen als das Geschenk eines schwedischen Christkindes.«

Die 62-jährige Frau sprang mit einem Satz auf, wobei ihr Stuhl nach hinten überkippte. Intuitiv standen auch die beiden Männer auf. Marthas Stimme zitterte:

»Bisher hatte ich von unserem Gespräch durchaus einen seriösen Eindruck, meine Herren. Aber an dieser Stelle muss ich Ihnen mit aller Deutlichkeit sagen, dass ich mich verar ..., dass ich mich auf den Arm genommen fühle. Ich habe keine Ahnung, wer Sie angestiftet hat, dieses Spiel mit mir und meinen Nerven zu spielen und wer gleich hinter irgendeiner Verkleidung hervorspringt und sich über die Naivität der blöden Vadeva auf die Schenkel klopft, aber ich kann Ihnen versichern ...«

Börgelund hob beschwichtigend die Hände und unterbrach die aufgebrachte Frau mitten im Satz.

»Signora, bitte! Ich wollte nur einen kleinen Scherz machen, um die Anspannung zu lösen, die diese ungeheure Summe zweifelsfrei erzeugt haben muss. Es sollte nur beruhigend wirken. Tatsächlich jedoch habe ich Sie beleidigt. Es tut mir aufrichtig leid. Bitte, Signora Vadeva. Ich gebe Ihnen mein Wort. Es gibt kein Komplott hinter uns, und es gibt auch keinen Aprilscherz. Alles, was ich Ihnen sagte, ist wahr. Bitte vertrauen Sie mir beziehungsweise uns.«

Martha sah ihn böse an. Ein langes Stück Asche fiel von ihrer Zigarettenspitze unbeachtet auf den Teppichboden.

»Ich schlage vor«, fuhr der Mann fort, »dass wir uns nun zu Signore Castellani begeben, damit ich Ihnen dort in einem geschützten Rahmen jene Hintergründe erläutern kann, ohne deren Kenntnis sich all das für Sie wirklich wie ein übler Scherz anhören muss.«

Martha versenkte die noch brennende Zigarette in ihrem Wasserglas.

»Gut«, presste sie hervor.

Natürlich sah das Büro von Signore Castellani noch genau so aus, wie es das vor zwei Monaten tat. Nichts hatte sich verändert. Wer es durch die hohe doppelflügelige Tür betrat, fühlte sich sogleich um mindestens einhundert Jahre zurück versetzt. Ein geräumiger, wenn auch länglicher, Raum mit einem wuchtigen dunklen Schreibtisch an der einen und einem runden Besprechungstisch, umrahmt von hohen

Bücherregalen auf der anderen Seite. Die gesamte Einrichtung war derart antik, dass Martha sich fragte, ob sich in den Räumlichkeiten des italienischen Notars jemals irgendetwas verändert hat.

Börgelund und Castellani hatten sich in einer Weise begrüßt, die auf eine jahrelange Bekanntschaft hindeutete. Dabei war sich Martha nicht sicher, ob sie Castellani nun als Referenz oder als Komplizen begreifen sollte. Auf jeden Fall musste Castellani von der Bedeutung der Zusammenkunft wissen, denn er überließ seinen Gästen bereitwillig sein eigenes Büro, in dem ein Möbelstück kostbarer war als das andere.

Sie nahmen an dem kleinen runden Besprechungstisch mit gebogenen und verzierten Beinen Platz, auf dem eine Mitarbeiterin der Kanzlei Getränke, Tassen und Gläser bereitgestellt hatte. Durch das doppelverglaste Fenster hinter dem Schreibtisch drang der nachmittägliche Lärm der Via Lazio nur äußerst gedämpft zu ihnen herein.

Martha irritierte, dass die beiden Männer aus Schweden keine Aktentaschen hatten und demzufolge auch keinerlei Unterlagen auf den Tisch legten. Sie verschränkte ihre Arme vor der Brust, schwieg und überließ es den Männern, mit ihrem Vortrag zu beginnen.

»Alberto war nicht Ihr erster Mann«, beendete Börgelund unvermittelt die Stille.

Marthas Arme lösten sich aus der Verschränkung und rutschten über ihre Brust auf ihre Oberschenkel.

»Wie meinen Sie das? Natürlich war er das. Ich habe Alberto 1985 geheiratet, und es war meine erste und einzige Ehe.«

Börgelund übersetzte ihre Antwort für Jens Karlson ins Schwedische, bevor er sie wieder ansprach.

»Ja, das stimmt. Da waren sie 37 Jahre alt.«

Martha überlegte nur kurz und nickte dann.

»Si.«

»Aber Sie waren nicht bis zu Ihrem 37. Lebensjahr alleinstehend. Sie wollten früher schon einmal heiraten. Genau genommen standen Sie sogar sehr kurz vor der Eheschließung. Es waren nur drei Wochen bis zum Hochzeitstermin. Sie waren seit über einem halben Jahr verlobt. Das war 1974. Elf Jahre zuvor. Da waren Sie 26 Jahre alt.«

Martha sah Börgelund mit großen Augen an. Dann lenkte sie ihren Blick langsam auf Jens Karlson.

»Giovanni ...«, hörte sie ihn sagen.

Als der junge Schwede den Namen ihres damaligen Verlobten ausgesprochen hatte, sah er die Frau erwartungsvoll und neugierig an. Martha presste ihren Atem durch die Nase.

»Woher wissen Sie das?«, befragte sie Karlson auf Italienisch. Börgelund antwortete: »Dem heutigen Treffen gingen jahrelange Recherchen voraus, Signora.«

Jetzt schaltete sich Jens Karlson ein und sprach seinen Anwalt auf Schwedisch an. Bevor dieser für Martha übersetzen konnte, drehte der junge Mann seinen Stuhl so, dass er Martha nun genau gegenübersaß und ihr direkt in die Augen schauen konnte.

Börgelund räusperte sich.

»Signore Karlson möchte Sie gerne bitten, ihm von Ihrer Beziehung zu Giovanni zu erzählen. Ich werde Ihre

Geschichte leise und parallel zu Ihrer Erzählung übersetzen. Sprechen Sie einfach normal, und lassen Sie sich durch mich nicht ablenken.«

Die Bitte irritierte Martha, hatte sie doch erwartet, stattdessen ihrerseits aufgeklärt zu werden. Nun sollte sie erzählen. Und auch noch ausgerechnet über die zentrale Erfahrung ihres ganzen Lebens, zentral in jeder Hinsicht. Sie sah Karlson an, der wiederum seinen Blick unbewegt in dem ihren ruhen ließ.

»Es war, wenn Sie so wollen, Liebe auf den ersten Blick.« Mit einem kurzen zeitlichen Abstand begann der Anwalt, ihre Worte für seinen Mandanten ins Schwedische zu übersetzen.

»Ich arbeitete im Frühjahr 1974 als Servicekraft in einem gehobenen, recht teuren Café in der Nähe der Piazza Venecia, als Giovanni dort eines Tages einkehrte und ich ihn bediente. Als ich ihm die Rechnung präsentierte, sahen wir uns plötzlich ungewöhnlich lange in die Augen. In seinem Blick war nichts Überhebliches, wie in denen vieler anderer, vor allem männlicher Gäste. Es war mehr ein Erstaunen darin zu lesen. Ein Erstaunen, wie auch ich es selbst empfand. Seine Augen strahlten eine ungeheure Geborgenheit aus, eine Vertrautheit, wie sie mir noch nie begegnet war bis zu diesem Tag. In der Verbundenheit unseres ersten Blickes lag eine ...«,

Martha suchte das richtige Wort,

»... eine ... ja, eine Zugehörigkeit. Und dieses Gefühl, das so intensiv wie eine vertraute Gewissheit war, passte überhaupt nicht zu unserer tatsächlichen Fremdheit und schon gar nicht zum deutlichen Standesunterschied. Und das machte wohl auch unser, ja ich will fast sagen, wehrloses Erstaunen aus.«

Jens Karlson hatte sich inzwischen in seinem Stuhl zurückgelehnt. Er schenkte der Italienerin und ihrer Stimme seine ungeteilte Aufmerksamkeit, während Börgelund für ihn übersetzte, was diese Stimme erzählte.

»Von da an besuchte Giovanni unser Café öfter, und eines Tages lud er mich ein, ihn am nächsten Abend zu einer Theatervorstellung zu begleiten. Zu diesem Zeitpunkt waren wir, obwohl wir bis dahin noch kein privates Wort miteinander gesprochen hatten, schon vollends ineinander verliebt. Wir beide, wie er mir später bestätigte, waren uns da schon sicher, dass die Weichen für ein gemeinsames Leben gestellt waren. Giovanni war meine erste große und ...«, sie zögerte, »... und die einzige große Liebe meines Lebens. Aber unsere Beziehung gestaltete sich schwierig. Ich stammte aus einfachen Verhältnissen, war eine einfache Kellnerin. Er war der älteste Sohn einer der reichsten Familien Italiens. Eine erfolgreiche Unternehmerdynastie. Giovanni und sein Bruder Luigi hatten bereits selbst Vermögen und verfolgten eigene unternehmerische Ziele. Ebenso erfolgreich, wie es ihre Eltern taten.«

»Gambesi ...«, murmelte Karlson den Namen dieser Familie dazwischen, nachdem Börgelund mit seiner Übersetzung fertig war.

Martha sah ihm in die Augen.

»Si, Gambesi.«

Dann nahm sie sich ein Glas, füllte es mit Wasser und erzählte weiter.

»Ich spürte die Ablehnung der Familie vom ersten Treffen an. Aber Giovanni stand unerschütterlich zu mir und zu unserer Zukunft. Im Sommer 1974 nahm er mich mit nach Monticello am Nordufer des Lago di Bracciano, etwa eine halbe Autostunde nördlich von Rom. Dort zeigte er mir eine kleine Villa in einer malerischen Bucht. Ein wunderschönes Anwesen, in das ich mich sofort verliebte. Mit einer herrlichen Außenterrasse und einem märchenhaft romantischen Kamin im Salon, dessen Glasfront einen weiten Panoramablick über die Bucht erlaubte.«

»Castello Martha Angela«, unterbrach Börgelund sie.

Martha reagierte ungehalten.

»Wieso erzähle ich Ihnen das alles, wenn Sie das auch schon selber wissen?«

Jens Karlson zischte etwas Böses auf Schwedisch, und Martha drehte sich ruckartig zu ihm herum.

»Signore Karlson hat mit mir geschimpft, Signora«, erklärte der Anwalt. »Ich solle Sie nicht unterbrechen. Entschuldigen Sie bitte und fahren Sie fort.«

»Ja, Castello Martha Angela«, wiederholte sie.

»Giovanni hat dieses Anwesen später nach mir benannt. Ich habe eigentlich keinen zweiten Vornamen, aber er nannte mich in all der Zeit, in der wir uns kannten, seinen 'Engel', und so wurde das Anwesen später offiziell im Grundbuch als Castello Martha Angela eingetragen. Als Giovanni sich an diesem Tag sicher war, dass es mir so gut gefiel, nahm er mich bei der Hand, und wir fuhren einige Kilometer weiter nach Monterosi, wo in einer Notarkanzlei jenes Ehepaar auf uns wartete, dem das

Anwesen gehörte. Dort unterschrieb er in meiner Gegenwart den Kaufvertrag sowie eine Schenkungs-urkunde auf meinen Namen. Dann erklärte er mir vor diesen fremden Leuten, dass dieses Haus von nun an unser gemeinsames Zuhause sein solle. Neben all den anderen Anwesen und Stadtwohnungen, die er besaß, sollte diese Villa in Monticello unser ganz eigener Rückzugsort, unsere Schutzburg, unser Nest sein. Und außerdem ...«, Martha musste schlucken, »... hat er dort vor diesen Zeugen um meine Hand angehalten.« Sie sah zu den beiden Männern auf und ergänzte:

»Und ich habe 'Ja' gesagt."

Sie nahm einen Schluck Wasser. Niemand sagte etwas. Martha sah aus dem Fenster. In dieser Nacht hatten sie sich das erste Mal geliebt. Vor dem Kamin im Salon. Und obwohl es Sommer war, hatte Giovanni den Kamin für diese Nacht entfacht. Es war heiß im Salon, aber das Knistern des Kamins mischte sich mit jenem ihrer Leidenschaft. Diese Nacht würde sie nie vergessen können. Martha seufzte fast unhörbar. Dann sah sie ihre Zuhörer wieder an.

»Zurück in Rom lud er seine Familie und Freunde ins Eden le Meridien zu einer Überraschungsfeier ein und verkündete vor den versammelten Anwesenden unsere offizielle Verlobung. Damit war das nicht mehr rückgängig zu machen, und von nun an gaben sich auch seine Angehörigen mir gegenüber sehr, manchmal sogar übertrieben freundlich und machten liebevolle Miene zum ungeliebten Spiel.« Martha trank einen weiteren Schluck Wasser. »Ja. So war das mit Giovanni.«

»Aber«, knüpfte Börgelund an, »Sie verbinden nicht nur schöne Erinnerungen an Castello Martha Angela. Sie verbinden auch schlimme Erinnerungen mit diesem Haus.«

Martha sah stumm aus dem Fenster, während Börgelund seinem Begleiter übersetzte, was er soeben eingeworfen hatte.

»Si.« Marthas Stimme wurde gefühllos.

»Sie haben Recht, Signore Börgelund. Und wie mir scheint, bin ich wohl hier, um Ihnen all das persönlich zu bestätigen, was sie selbst bereits zu wissen glauben. Ja, Giovanni wurde ein halbes Jahr später, am 28. März 1975, in diesem Haus ermordet. Vermutlich von Einbrechern, die er wohl überrascht haben musste. Ich war zu diesem Zeitpunkt in Monterosi im Gottesdienst. Es war ein Karfreitag. Als ich in das Haus zurückkehrte, lag er tot im Schlafzimmer mit aufgeschlitzter Kehle.«

Ihre Stimme erstickte fast bei den letzten Worten. Keiner sagte etwas. Börgelund sah Martha Vadeva von der Seite an, Karlson sah zu Boden. Nach einer Weile stand Martha auf, ergriff eine Zigarette aus ihrer Packung, ging zum Fenster, öffnete dieses und zündete sie sich dort an. Sie blies den Rauch ins Freie und schaute gleichmütig auf den vorbeiziehenden Autoverkehr auf der Via Lazio. Ein paar Züge später warf sie den Stummel auf die Straße, schloss das Fenster wieder und nahm erneut am Tisch Platz. Dann sah auch sie den Anwalt mit den ergrauten Schläfen wieder an.

»Das war ziemlich genau drei Wochen vor Ihrem geplanten Hochzeitstermin, richtig?«

»Si.«

»Abgesehen von dem Schock der Entdeckung und der Sie überwältigenden Trauer waren die folgenden Tage auch aus einem anderen Grund nicht einfach für Sie, nehme ich an? Anfangs gehörten auch Sie zum Kreis der Verdächtigen, richtig?«

Martha nickte.

»Ja, das stimmt. Aber das konnte die Polizei recht schnell ausräumen, da ich tatsächlich zur fraglichen Zeit in der Kirche von Monterosi war und dort von vielen unserer Nachbarn gesehen wurde. Außerdem konnte auch der Commissario kein vernünftiges Motiv erkennen. Im Gegenteil! Durch Giovannis Tod vor unserer Hochzeit fiel ich aus der Erbfolge heraus. Naja, was heißt 'fiel'? Da wir noch nicht verheiratet waren, war ich in dieser ja noch überhaupt nicht drin. Mit anderen Worten: Ich erbte nichts. Sein eigenes Vermögen und seine Besitztümer fielen in den Besitz seiner Familie, und seine Erbanteile bei einem späteren Ableben seiner Eltern gingen mangels eigener Nacherben auf seinen Bruder Luigi über. Ich erhielt von der Familie als Entschädigung für die entgangene Rechtsposition ein paar Millionen Lire, umgerechnet heute etwa 75.000 Euro. Dieses Geld habe ich zunächst einmal beiseitegelegt und habe es einige Jahre später, kurz bevor ich Alberto kennenlernte, genutzt, um mir meine heutige Boutique in der Nähe des olympischen Dorfes aufzubauen.«

»Und Sie haben Castello Martha Angela behalten«, warf Börgelund ein.

»Ja, natürlich. Darüber gab es ja eine notariell

beglaubigte Schenkungsurkunde. Das Anwesen gehörte mir, und es gehört mir auch immer noch, obwohl ich selbst mich dort nicht mehr aufhalte. Ich habe es nicht über das Herz gebracht, unser Nest, wenn Sie so wollen, zu verkaufen. Allerdings ist das Anwesen seit vielen, vielen Jahren dauerhaft an ein wohlhabendes deutsches Ehepaar vermietet. Durch diese Miete bin ich mit meiner Boutique absolut unabhängig und kann auch saisonale Umsatzschwankungen leicht abfedern.«

»Hätten Sie als Eigentümerin des Anwesens auf Ihren Wunsch hin Zutritt?«

»Ja, ich bin sowieso manchmal dort und schaue nach dem Rechten. Die Mieter halten sich insgesamt nur etwa sechs Monate im Jahr dort auf. Den Rest des Jahres verbringen sie in Stuttgart, und wir haben vereinbart, dass ich in ihrer Abwesenheit einmal im Monat nach dem Rechten schaue. Aber meistens schicke ich meinen Neffen, den Sohn von Albertos Schwester Francesca, hin, damit ich es nicht zu tun brauche.«

Martha machte eine kurze Pause, bevor sie etwas wehmütig seufzte.

»Ach ja, Alberto ...«

Martha sah Karlson an, während Börgelund übersetzte.

»Alberto war ein sehr lieber und guter Mann. Gott habe ihn selig. Ich habe schöne Jahre mit ihm verbracht, sehr harmonische Jahre nach fast zehn Jahren tiefer und schmerzender Trauer. Er war äußerst zuvorkommend, fürsorglich und liebevoll zu mir. Aber er konnte mir emotional nichts anhaben. Er gefährdete mein stilles Herz nicht, wenn Sie so wollen. So konnte ich dieses für mich behalten. Ich konnte meine Erinnerungen, meine Bilder, meine Trauer, aber auch meine Liebe darin verschließen und bewahren, ohne dass Alberto all dem zu nahe kommen konnte. Ich bin mir nie ganz sicher gewesen, ob er das gespürt hat. Aber wenn, dann hat er es sich nicht anmerken lassen.«

Sie biss sich auf die Unterlippe.

»Nun, wirklich fair und ehrlich war das jedenfalls nicht von mir.«

Der junge Karlson, den sie während der letzten Sätze angesehen hatte, nahm ihre Hand in seine linke und bedeckte ihren Handrücken mit seiner rechten. Er lächelte sie gutmütig an und nickte ihr zu, als wolle er ihr sein Verständnis für ihre Gefühle und ihre Vorgehensweise zum Ausdruck bringen. Diese Geste tat ihr gut, obwohl sie von jemandem kam, der ihr Sohn hätte sein können. Für einen Moment aber fühlte sie sich an wie eine kleine nachträgliche Absolution für das schlechte Gewissen, das sie Alberto gegenüber stets empfunden hatte.

In diesem Moment bekam Martha Appetit auf einen heißen Kaffee. Sie nahm eine der bereitgestellten Tassen, gab etwas Milch hinein und füllte aus einer Kanne den Rest mit Kaffee auf.

»Aber, meine Herren, wenn ich mich recht erinnere, sind wir nicht hierher gekommen, damit ich Ihnen meine Lebensgeschichte erzähle. Im Gegenteil. Sie wollten eigentlich ...«,

Martha stockte mitten im Satz.

»Meinen Sie, Giovanni hat mir etwas vererbt?«

»Ja, Signora Vadeva, das glauben wir. Und zwar etwas

in seinen Augen ganz Besonderes. Ihr Hochzeitsgeschenk. Den Himmel. Den Cielo.«

»Den Cielo?«

Martha verstand nicht recht.

»Il cielo degli Angeli«, wurde Börgelund genauer.

»Heilige Mutter Maria steh mir bei!«

Martha schlug die Hand vor den Mund und wurde bleich. Il cielo degli Angeli. Der Himmel der Engel. Ein riesiger Vergnügungspark in Umbrien, der Anfang der siebziger Jahre unter dem Namen 'Terra de miracoli', also Wunderland, angefangen und dann irgendwann in 'Il cielo degli Angeli' umbenannt und stetig erweitert wurde. Ein Multimillionen-Projekt. Der 'Cielo', wie er in der Bevölkerung abgekürzt wurde, zählte sowohl in seiner Anziehungskraft als Besuchermagnet als auch in seiner Rentabilität zu den größten Freizeitparks Europas. Der Anwalt aus Schweden ergriff wieder das Wort:

»Giovanni Gambesi war unter anderem verliebt in Ihre, verzeihen Sie bitte, kindlich fröhliche Faszination für Jahrmärkte, Karussells und dergleichen.«

»Ja, das stimmt«, unterbrach ihn Martha leise und lächelte dabei ein wenig, »ich habe ihn zu jeder Kirmes und zu jedem Jahrmarkt geschleppt, die irgendwo in der Nähe gastierten. Ich konnte nie genug von dieser bunten Welt, den Achterbahnen und all den Buden und Attraktionen bekommen. Ich erinnere mich, wie er mir Weihnachten 1974, unserem einzigen gemeinsamen Heiligabend, neben vielen anderen Kostbarkeiten eine Spieluhr mit einem sich drehenden Karussell geschenkt hat und dabei sagte: »Irgendwann, mein kleiner Engel, schenke ich Dir einen ganzen Vergnügungspark.« Ich habe gelacht und ihn umarmt. Es war nur ein lustiger Spruch mit einem Augenzwinkern. Ich habe es für eine neckische Anspielung gehalten, mit der er mich aufziehen wollte wegen meiner nahezu kindlichen Aufregung, wenn wir in die Nähe einer Kirmes kamen. Aber ich habe es nicht ernst genommen.«

Sie hob ihren Kopf und schaute zu Börgelund hoch.

»Und er wollte mir den 'Cielo' zur Hochzeit schenken? Sie meinen, *den* Cielo??«

»Ja, Signora. Er hat das Terra de miracoli im Dezember 1974 gekauft. Damals war der Park noch in seinen Anfängen und war im Vergleich zu anderen europäischen Vergnügungsparks relativ unbedeutend. Seinen heutigen Wert hat er auch erst in den letzten zwanzig Jahren bekommen. Aber trotzdem, es war immerhin ein Vergnügungspark für seine 'Angela'. Kurz vor seinem Tod ließ er den Park in Anspielung auf seine geliebte zukünftige Gattin in 'cielo degli Angeli' umbenennen. Er wies die Geschäftsführung an, diese Namensänderung einen Tag vor Ihrer Hochzeit lediglich durch ein neues Eingangsschild auszuweisen, aber mit dem Gang an die Öffentlichkeit bis nach der Hochzeit zu warten. Es war sein Plan, mit Ihnen am Tag nach der Hochzeit dorthin zu fahren, vor dem Eingangstor überrascht festzustellen, dass ausgerechnet ein Vergnügungspark quasi Ihren Namen trägt und Ihnen dann, wie beiläufig, mitzuteilen, dass dies ja auch kein Wunder sei, denn er gehöre ja nun mal Ihnen.«

Marthas Kaffee war längst kalt geworden. Sie wusste

nicht mehr, was sie denken oder fühlen sollte. Auf jeden Fall dachte sie nicht an den Wert des Parks, auch nicht daran, wie viel Geld selbst damals Giovanni für ein Hochzeitsgeschenk bereit gewesen war auszugeben. Sie dachte vielmehr an die Intensität, mit der Giovanni sich in seinen Gedanken und Gefühlen damals mit ihr beschäftigt haben musste. Wie sehr seine Welt sich um sie drehte. Und als sie nach all den Jahren erneut die Bedeutung fühlte, die sie für ihn gehabt haben musste, kamen ihr die Tränen. Sie verbarg ihr Gesicht in ihren Händen und weinte. Dabei kümmerte es sie nicht, dass sie nicht allein war. Eigentlich vergaß sie es sogar in diesem Moment. Die beiden Schweden schwiegen und ließen sie gewähren.

Es dauerte einige Momente, bis Martha die Hände vom Gesicht nahm und sich notdürftig mit bloßen Händen das nasse Gesicht abwischte. Sie wusste, dass nun ihre Wimperntusche verlaufen war.

»Entschuldigen Sie bitte, meine Herren ...«, kam es etwas kraftlos aus ihr heraus.

»Aber ich bitte Sie, Signora. Das ist doch sehr verständlich«, erwiderte Börgelund.

»Ich bin gleich wieder da.«

Mit diesen Worten nahm sie ihre Handtasche und verließ den Raum.

Als sie zurückkehrte, hatte sie ihre Wimperntusche und ihr Make-up, so gut es ging, korrigiert und schien sich wieder gefasst zu haben.

»Signore Börgelund, Sie behaupten nun, Giovanni habe mir diesen Park vermacht. Dazu hätten wir aber entweder verheiratet sein müssen, was wir nicht waren, oder es hätte ein gültiges Testament von Giovanni existieren müssen, was aber auch nicht der Fall war. Oder wollen Sie mir etwa erklären, es habe ein solches Dokument gegeben, aber die Gambesis haben es unterschlagen und verheimlicht?«

»Ja und nein! Wir sind davon überzeugt, dass Giovanni unmittelbar vor seinem Tod ein Testament verfasst hat. Aber seine Familie hat es nicht unterschlagen. Das konnte sie aus einem einfachen Grund nicht. Sie weiß bis heute nichts von seiner Existenz, genauso wenig wie Sie selbst, Signora.«

»Und woher wissen ein schwedischer Jungunternehmer und sein Anwalt aus Stockholm davon? Ich glaube wirklich, meine Herren, es wird höchste Zeit für eine befriedigende Erklärung.« Ihr Ton war zwar freundlich, ließ aber keinen Widerspruch zu.

»Sie haben Recht, Signora. Ich fürchte nur, ich kann Ihnen zwar eine Erklärung geben, aber ich bezweifle, dass sie Sie befriedigen wird. Denn über ein bestimmtes Detail darf ich Ihnen keine Auskunft erteilen. Das ist mir strikt untersagt. Und so wird Ihnen nichts anderes übrig bleiben, uns nach meiner Erklärung einfach zu glauben oder es nicht zu tun. So, wie ich es Ihnen im Hotel schon angekündigt hatte.«

»Ich höre Ihnen aufmerksam zu, Signore Börgelund.«

Der Anwalt aus Stockholm schenkte sich nun ebenfalls ein Glas Wasser ein, nahm einen Schluck und begann mit seiner Geschichte:

»Als vor sieben Jahren der Vater von Signore Karlson

bei einem Autounfall ums Leben kam, erbte mein Mandant nicht nur das Unternehmen, sondern natürlich auch die private Habe seines Vaters. Darunter befanden sich sechs private Tagebücher, die dieser zwischen Sylvester 1975 und Herbst 1977 geführt hatte. Wir nehmen mit großer Sicherheit an, dass das Führen dieser Tagebücher der Trauerbewältigung diente. In ihnen wurde er jene Gefühle und Gedanken los, die ihn nach dem unerwarteten Kindbett-Tod seiner Frau und der plötzlich alleinigen Verantwortung für ein Neugeborenes so sehr bedrückten, dass für das Familienunternehmen eine ernsthafte Gefahr daraus erwuchs, unter der Schwermut des Inhabers Schaden zu nehmen. Mithilfe der Möglichkeit, seine Wahrnehmungen, seine Trauer, seine Wut - ja auch teilweise seine Wut auf das Baby - in diesen Büchern loszuwerden, hat der Mann es geschafft, seine emotional bedingte Blockade zu überwinden. Die Tagebücher hören demzufolge nach 19 Monaten im Herbst 1977 auf. Wir können also davon ausgehen, dass die Trauer zu diesem Zeitpunkt überwunden war. Als Signore Karlson kurze Zeit nach dem Tod seines Vaters Einblick in diese Tagebücher nahm, stieß er auf einen äußerst ungewöhnlichen Eintrag vom 28. März 1977. Am Abend jenes Tages ist etwas geschehen, was sein Vater zwar in seinem Tagebuch festhielt, was er sich aber nicht erklären konnte. Seine Aufzeichnungen in den folgenden Tagen und Wochen zeugen davon, dass er sich noch lange mit dem, was an jenem Abend geschehen ist, beschäftigte, dass er sich aber auch nach Wochen keinen Reim darauf machen konnte.«

Sven Anders Börgelund trank noch einen Schluck Wasser, weil sein Mund vom Sprechen trocken geworden war. Im Anschluss daran teilte er Jens Karlson kurz auf Schwedisch mit, dass er gerade bei den Tagebüchern angekommen sei, und fuhr dann in seinem nordisch eingefärbten Italienisch fort:

»Auch mein Mandant, der sich vor fast sieben Jahren diese Aufzeichnungen durchlas, stolperte über diesen besagten Eintrag. Auch er konnte sich auf das, was sein Vater dort niedergeschrieben hatte, keinen Reim machen. Aber im Gegensatz zu diesem ließ er es nicht nach einigen Tagen dabei bewenden. Er suchte nach einer Erklärung für das am Abend des 28. März 1977 dokumentierte Geschehen. Und so fing Signore Karlson an, Hintergründe und Zusammenhänge zu recherchieren. Er hörte nicht mehr damit auf, bis er glaubte, das Rätsel gelöst zu haben. Vor etwa einem Jahr dann wendete er sich an mich und bat mich, Sie ausfindig zu machen und den Kontakt mit Ihnen zu suchen.«

»Was stand denn dort geschrieben?«, hakte Martha ein.

»Das, Signora Vadeva, ist jenes Detail, über das zu sprechen ich nicht befugt bin. Ich kann Ihr Interesse verstehen, aber bitte respektieren Sie an dieser Stelle die Privatsphäre meines Mandanten und seiner Familie. Nur soviel: An diesem Abend erfuhr der Vater meines Mandanten vom Tod eines gewissen Giovanni Gambesi.«

Martha wurde schlecht.

Sie hielt sich die Hand vor den Mund.

»Signore Karlson hat in den letzten Jahren sehr viel Zeit und Geld investiert. Und er hat all das recherchieren können, was wir Ihnen heute eröffnet haben. Er hat herausgefunden, dass Signore Gambesi vor seinem Tod verlobt war, dass seine Familie mit der geplanten Eheschließung nicht einverstanden war, dass Giovanni Ihnen das Anwesen am Lago di Bracciano kaufte und auch, dass er Ihnen zur Hochzeit den 'Cielo' schenken wollte.«

Martha lenkte ihren Blick auf den jungen Mann aus Knivsta und sah ihn eindrücklich an. Jens Karlson erwiderte den Blick mit einem kurzen Nicken des Kopfes, so als wolle er Börgelunds Worte bestätigen, obwohl er sie nicht verstanden hatte. Dennoch wusste er natürlich intuitiv, an welcher Stelle sein Anwalt ungefähr sein musste. Jens Karlson ist ein beeindruckender Mensch, ging es Martha dabei durch den Kopf.

»Aber Signore Karlson hat noch mehr herausfinden können, und damit kommen wir zum Kernanliegen unseres Besuches.«

Börgelund nickte seinem Mandanten an dieser Stelle mit dem Kopf zu, worauf hin dieser das Wort ergriff. Martha Vadeva sah dem jungen Schweden aufmerksam in die Augen, während er zu ihr sprach. Mit dem linken Ohr fing sie dabei die italienischen Sätze des Anwaltes auf, der Karlsons Ausführungen nicht mehr in die dritte Person übersetzte, sondern jeden Satz wörtlich in die Ich-Form ins Italienische übertrug:

»Ich glaube, dass Giovanni seinen Tod befürchtete. Ich glaube, dass er nur wenige Tage vor seinem Tod eine ernsthafte Unterredung mit seinem Bruder hatte, der um diese Unterredung im Namen der ganzen Familie ersuchte. Ich bin davon überzeugt, dass Luigi beauftragt war, Giovanni unmissverständlich die Entscheidung des Clans mitzuteilen, dass man seine Eheschließung mit Ihnen nicht zu tolerieren bereit sei und sie notfalls mit Gewalt verhindern wird, wobei diese Gewalt, sollte es zum Äußersten kommen müssen, zu seinem Nachteil geschehe und nicht zu Ihrem, Signora, da er selbst es sei, der an dieser inakzeptablen und familienschädlichen Entscheidung festhalte und sie somit also auch zu verantworten habe.«

Martha hatte genau verstanden, was dort gerade ausgesprochen worden war. Sie stand auf, weil es sie nicht mehr ruhig auf ihrem Stuhl hielt. Sie wich zurück, bis sie mit ihrem Rücken die Bücherwand berührte, an deren Regalbretter sie sich mit einer Hand klammerte.

»Sie wussten genau, was sie taten«, fuhr Karlson fort.

»Das gesamte Vermögen Giovannis würde zurück in den Schoß der Familie fließen. Und zwar bevor seine Vorliebe, Ihnen Geschenke in Abermillionenhöhe zu machen, dazu führt, dass das ganze Vermögen in die Hände einer Kellnerin wandert. Giovannis Teil am familiären Konzernvermögen hatte eine existenziell bedrohliche Größe. Ein Verlust dieses Teiles bedrohte das Ganze. Wie bei einem Kartenhaus, aus dem man eine fundamentale Karte zog. Schmuck, Mode, ja sogar die kleine Villa in Monticello, hat man ihm noch durchgehen lassen. Als Giovanni jedoch für umgerechnet fast 45 Millionen Euro diesen neuen Vergnügungspark in Umbrien kaufte, hatte das Nachsehen ein Ende. Von diesem Moment an wurde seine Verliebtheit für das gesamte Familienunternehmen zu einer Gefahr. Aber sie haben nicht damit gerechnet, dass ihm die Familie, das Vermögen, ja sogar, dass ihm sein eigenes Leben nicht mehr soviel bedeutete, wie Sie, Signora.«

Martha musste mehrmals kräftig schlucken, weil sie glaubte, sich übergeben zu müssen.

»Hören Sie auf!«, schrie sie.

Karlson stand auf und ging auf sie zu, bis er nahe vor ihr stand. Börgelund übersetzte weiter, ohne seinen Sitzplatz zu verlassen:

»Am Karfreitag 1975, drei Wochen vor der geplanten Eheschließung, sollte Giovanni Sie nachmittags in den Gottesdienst nach Monterosi schicken, was er auch tat. Denn er erwartete Luigi im Castello Martha Angela, und dieser erwartete wiederum eine endgültige Entscheidung. Entweder eine gegen Sie, Signora, oder gegen sein Leben.«

Martha spürte Karlsons Atem im Gesicht, während dieser sprach. Sein Ton war nicht eindringlich, schneidend oder scharf, ja in keiner Weise bedeutungsschwanger, sondern einfach nur leise, weich und mitfühlend.

»Giovanni Gambesi hat Sie mehr geliebt als alles andere auf der Welt, Signora. Er entschied sich für Sie! Und er verlegte, wenn Sie so wollen, Ihren Hochzeitstag auf seinen Todestag vor, indem er Ihnen noch an diesem Tag kraft eines schnell handschriftlich verfassten Testaments den Cielo degli Angeli schenkte. Er versteckte dieses Testament in Ihrem Haus und gab Ihnen einen Hinweis darauf, wo Sie es finden werden, bevor Sie das Haus verließen und nach Monterosi fuhren.«

»Das ist absurd!«, rief Martha empört.

»Davon weiß ich nichts, und ich müsste es ja wissen. Er hat mir nichts davon erzählt, bedroht zu werden. Er hat nie etwas von einem Testament gesagt, geschweige denn, dass ich nach einem suchen solle.«

Martha tauchte seitlich an Karlson vorbei, schnappte sich aus ihrer Handtasche eine weitere Zigarette und öffnete erneut das Fenster, an dem sie zu rauchen begann.

»Absurd. Absurd!«, wiederholte sie dabei mehrmals.

Sie blies den Rauch mit kräftigen Stößen in die inzwischen abendliche römische Luft.

»Meine Herren, da haben Sie sich etwas Feines ausgedacht. Mir gehört der Cielo? Dass ich nicht lache. Giovanni wurde von seinem Bruder ermordet? Das ist absurd. In meinem Haus ist ein Geheimversteck? Das ist lächerlich.«

Sie warf die Zigarette aus dem Fenster, ging zu ihrem Stuhl zurück und griff nach ihrer Handtasche.

»Diese Unterredung ist beendet, meine Herren. Vielen Dank für die schlimmen Erinnerungen. Guten Tag.«

Mit diesen Worten drehte sie sich zur Tür, aber Karlson verstellte ihr den Weg. Er sagte etwas in sanften, offenbar einstudierten italienischen Worten:

»Quando io non ci dovrei stare più, tieni il fuoco del nostro Amore nell occhi.« Wenn ich mal nicht mehr sein sollte, behalte das Feuer unserer Liebe im Auge.

Martha wich einen Schritt zurück und wäre fast über ihren Stuhl gestolpert. Sie ließ ihre Handtasche fallen, um sich abzustützen.

»Waren das nicht seine letzten Worte an Sie, bevor Sie

sich auf den Weg in den Gottesdienst machten?«, vernahm sie die Stimme Börgelunds aus dem Hintergrund.

»Das stimmt! Jetzt, wo Sie es sagen, erinnere ich mich. Das hat er gesagt, als ich ihm unten an der Eingangstür einen Abschiedskuss gab. Ich neckte ihn mit einem Kniff in die Wange und sagte: »Du Dummerchen. Mache Dir keine Sorgen. Du und ich werden immer und ewig zusammen sein. Ich liebe Dich!« Ich hatte das irgendwie auf mich bezogen, so als wolle er mir seine Sorge zum Ausdruck bringen, ich könnte ihn eines Tages einmal verlassen. Aber er nahm mich noch einmal bei den Schultern und wiederholte den letzten Halbsatz: Behalte unser Feuer im Auge. Dann habe ich ihn noch einmal geküsst und bin gegangen. Kurz vor dem Auto habe ich mich noch einmal zu ihm umgedreht und gerufen: Das mache ich sowieso an jedem einzelnen Tag."

Martha bückte sich und nahm ihre Handtasche vom Boden auf.

»Und das soll ein Hinweis auf ein Testament gewesen sein? Und nicht nur auf das, sondern auch noch auf das Versteck desselben? Es tut mir leid. Auch wenn ich diesen letzten Satz Giovannis heute aus anderen Augen sehen kann, aber dass Sie darin die Existenz eines Testamentes und auch noch dessen Versteck erkennen wollen, kann ich nicht nachvollziehen.«

»Wir hatten gehofft, dass diesmal *Sie* uns an dieser Stelle weiterhelfen könnten.«

Börgelund kam um den Tisch herum und zog einige Bücher in der Bücherwand wieder in eine geradlinige Flucht, die seine Gesprächspartnerin vorhin etwas nach hinten geschoben hatte.

»Ich habe keine Ahnung«, antwortete diese. »Was soll mir das sagen? Wollen Sie mir einreden, das Letzte, was mein damaliger Verlobter zu mir sagte, heißt übersetzt: Liebling, wenn Du gleich nach Hause kommst, werde ich tot sein? Und suche dann in unserem Haus ein Geheimversteck, denn in diesem wirst Du mein Testament finden und schon gehört Dir einer der größten Vergnügungsparks Europas? Ich bitte Sie, das ist absurd.«

»Genau das, so glauben wir, sollte es heißen. Mit einem klitzekleinen unbedeutenden Unterschied. Der Cielo war damals noch nicht einer der größten Vergnügungsparks Europas, sondern steckte in noch den Kinderschuhen. Aber ansonsten: Ja, das sollte es heißen.«

»Seien Sie mir nicht böse, meine Herren, aber ich finde, unser Gespräch hat eine recht merkwürdige, um nicht zu sagen absurde Wendung genommen. Der Tag war sehr lang und anstrengend. Wären Sie bitte so nett, mir ein Taxi zu rufen?« Martha war sauer, und das ließ sie sich nun auch anmerken.

»Signora Vadeva, ich kann verstehen, dass Sie aufgebracht sind. Ich stimme Ihnen zu, dass wir unser Gespräch an dieser Stelle vorerst abbrechen. Ein Sekretär von Signore Castellani wird Sie nach Hause fahren. Bitte schlafen Sie eine Nacht darüber. Signore Karlson und ich würden uns sehr freuen, wenn Sie morgen zu dem Schluss kommen, dass unsere Theorie, zumindest mit einer gewissen Chance, zutreffend sein könnte. Es ist, wie ich es schon im Hotel angedeutet habe, immer noch nicht sicher, dass dieses handschriftliche Testament, sofern es denn tatsächlich existiert, vor Gericht anerkannt werden wird, weil es ohne Zeugen verfasst wurde und nicht notariell beglaubigt ist. Aber es ist, wenn es existiert, in Giovannis Handschrift verfasst worden, und es sprechen keine Hinweise dafür, dass Giovanni zum Zeitpunkt der Niederschrift nicht voll geschäftsfähig gewesen wäre. Überlegen Sie es sich, Signora. Wir sind morgen den ganzen Tag über hier zu erreichen. Vielleicht täuschen wir uns, und wir interpretieren mehr in diese Sache als Recht ist. Aber wir denken, ein Versuch ist es wert.«

Am nächsten Morgen erwachte Martha Vadeva aus bösen Träumen. Immer wieder in der Nacht hatten sie die Bilder heimgesucht, die schon seit Jahren vergessen schienen. Ihr Geliebter in seinem Blut. Die klaffende Schnittwunde. Die aufgerissenen Augen. Die verwüsteten Zimmer. Dann war sie ein paar Mal in Gewölbekellern herumgeirrt, die voller Spinnweben hingen. Klamme Pfützen in den Gängen und Fledermäuse, die ihr mit lautem Geschrei um die Ohren flogen. Einige Male ist sie in Schweiß gebadet aufgewacht, um kurz danach erschöpft wieder einzuschlafen.

Was für ein Albtraum, dachte sie unter der Dusche und meinte damit weniger die vergangene Nacht, sondern vielmehr den gestrigen Nachmittag. Martha war immer noch sauer auf die Herren aus Schweden. Erst recht, nachdem sie nun etwas Abstand hatte. Beim Frühstück dachte sie immer wieder über das nach, was die Fremden ihr weiszumachen versucht hatten und je länger sie darüber nachdachte, desto mehr fiel ihr auf, wie simpel doch all das ist, was gestern noch verwirrend und überraschend klang. Nichts von dem, was die Männer aus Stockholm ihr als verblüffende Tatsachen präsentierten, war tatsächlich verblüffend oder gar neu. Dass der Cielo degli Angeli zum Konzern der Gambesis gehörte, konnte jeder Wald- und Wiesenanwalt herausfinden. Dass ihr Haus am Lago di Bracciano einst von dem inzwischen toten Sohn dieser Familie gekauft und dann verschenkt wurde, ist ebenfalls leicht zu ermitteln. Auch wo und wann dieser unter welchen Umständen zu Tode kam, wurde seinerzeit ausgiebig in den Zeitungen publiziert.

Je länger sie über all das nachdachte, umso ärgerlicher wurde sie. Auch darüber, wie leicht selbst sie sich durch allgemein bekannte Dinge hat beeindrucken lassen, als präsentiere man ihr die letzten Geheimnisse des Vatikans.

Sie lachte laut auf.

Dabei waren all diese Dinge in Wirklichkeit, zumindest für den, der danach sucht, öffentliches Allgemeingut. 'Jahrelang recherchiert', dass sie nicht lache. Sie schüttelte den Kopf über sich selbst. Alles andere war reine Spekulation. Beliebige Schlussfolgerungen und nicht beweisbare Verdächtigungen zweier Möchtegern-Detektive. Die Fantasie eines modernen schwedischen Kalle Blomquists.

Sie bestellte sich ein Taxi und fuhr, ohne dass das für diesen Tag eigentlich geplant gewesen wäre, in ihre Boutique. Sie selbst besaß kein Auto mehr. Sie hatte zwar seit 40 Jahren einen Führerschein, aber je mehr der städtische Verkehr in Rom in den letzten Jahrzehnten zugenommen hatte, desto mehr wuchs auch ihre Angst vor dem Autofahren. Irgendwann ließ sie es einfach bleiben. Üblicherweise legte sie innerstädtische Strecken mit dem Taxi zurück. So oft kam das aber auch nicht vor. Sie arbeitete in der Regel nur samstags in ihrer eigenen Boutique und mittwochs, wenn die neue Ware kam. Heute hatten Stefanie und Isabella Dienst. Martha konnte sich seit Jahren auf ihre sehr guten Mitarbeiterinnen verlassen.

An diesem Nachmittag war viel los, so dass es gut war, in die Boutique gefahren zu sein. Martha konnte Stefanie und Isabella gut zur Seite stehen und für sie den Andrang in den Stoßzeiten abfangen. Außerdem gehörten einige sehr zahlungskräftige Damen zu den Kundinnen des Tages, die die willkommene Gelegenheit wahrnahmen, mit der Chefin über dies oder das zu sprechen. All das führte, wie Martha am Abend befriedigt feststellen konnte, dazu, dass sie den ganzen Nachmittag hindurch nicht an Giovanni oder an die Herren aus Schweden denken musste. Ferner sorgte dieser anstrengende und arbeitsreiche Nachmittag, gepaart mit dem anstrengenden gestrigen Tag und der nahezu schlaflosen Nacht dafür, dass Martha Vadeva früh zu Bett gehen konnte und direkt in einen tiefen Schlaf fiel.

Am nächsten Tag fühlte sie sich frisch und ausgeruht. Das lange Gespräch mit den Herren Börgelund und Karlson erschien ihr für einen Moment schon weit weg. Dass die seitdem vergangene Zeitspanne doch noch nicht so groß war, wurde ihr plötzlich bewusst. Ihr fiel ein, dass deren Rückflug für heute Nachmittag angesetzt war. Der Besuch in der Via Lazio lag tatsächlich erst anderthalb Tage zurück. Sie hätte gestern gerne Mäuschen gespielt, während die beiden Schweden in der Kanzlei von Signore Castellani auf ihren Anruf warteten. Sie waren sicher enttäuscht darüber, dass dieser nicht kam. Was hatten sie auch erwartet? Und warum war es ihnen so wichtig, dass sie mitspielte und nach einem bisher unbekannten Testament suchte und zu diesem Zweck, möglicherweise auch noch in deren Begleitung, das derzeit unbewohnte Haus in Monticello öffnete. Was führten die beiden im Schilde? Was war es, das sie ihr nicht erzählten?

Martha räumte ihren Frühstückstisch ab und stellte das schmutzige Geschirr in die Spülmaschine. Danach begab sie sich ins Bad, um sich zu frisieren.

Als sie sich im Spiegel betrachtete, überkam sie Unzufriedenheit mit dem, was sie sah. Sie fasste einen für sie ungeheuren Entschluss für diesen Tag. In der Diele schnappte sie sich den Telefonhörer und wählte aus dem Speicher die Nummer ihrer Friseurin, um diese zu fragen, ob sie heute noch vorbeikommen könne. Sofort meldete sich die vertraute Stimme aus dem Salon Bocchi.

»Signora Bocchi? Hier spricht Martha Vadeva. Erinnern Sie sich daran, dass ich Ihnen einmal sagte, ich lasse mir von Ihnen einen Kurzhaarschnitt verpassen, wenn ich eines Tages einmal in den Spiegel schaue und mich nicht mehr leiden mag? Es ist soweit. Haben Sie heute freundlicherweise noch Zeit für mich?«

Die Frau am anderen Ende lachte kurz und bat Martha

dann um etwas Geduld, da sie erst nachschauen müsse, ob die heutige Terminlage einen kurzfristigen Besuch zulasse. Martha wartete. Sie schmunzelte. Sie selbst konnte sich noch sehr gut an jenen Tag erinnern, als Signora Bocchi vehement darauf bestand, dass ihr ein modischer Kurzhaarschnitt viel besser stünde, während Martha wiederum, als überzeugte Langhaarträgerin, daran festhielt, dass sie ihre langen Haare als unverzichtbaren Teil ihrer Weiblichkeit verstehe. Zum Schluss hatte sie die Diskussion mit eben jener Ankündigung beendet, an die sie die Friseurin gerade erinnert hatte.

Martha stutzte.

Ihre Gedanken schienen auf einmal stillzustehen und sich im nächsten Moment im Kreis zu drehen. Plötzlich schlug ihr Puls ihr bis zum Hals, und sie merkte, wie ihre Knie anfingen zu zittern. Sie knallte sofort den Hörer auf die Gabel und fingerte an den Tasten herum, um zurück in den Nummernspeicher zu gelangen. Mindestens zweimal vertippte sie sich bei dem Versuch, Adrianos Nummer zu finden.

»Hallo?«, erklang die Stimme ihres Neffen aus der Muschel.

»Adriano, hier ist Tante Martha. Bitte komme mich sofort abholen. Es ist eilig.«

»Tante!«, der junge Mann klang genervt.

»Das geht nicht. Ein Freund kommt gleich vorbei. Wir wollen ein neues Videospiel ausprobieren.«

»Adriano, es ist wirklich wichtig. Spielen kannst Du jeden Tag. Ich brauche Dich aber jetzt, und es duldet wirklich keinen Aufschub. Du bekommst auch 50 Euro von mir.«

Mit einem Taschengeld konnte sie ihn immer ködern. Sicher, 50 Euro waren etwas üppig, aber ihr war in ihrer akuten Nervosität keine andere Summe eingefallen. Sie sprach einfach aus, was ihr gerade in den Kopf schoss.

»Okay, Tante, ich bin in einer halben Stunde bei Dir. Worum geht es denn? Was zum Teufel ist denn plötzlich so wichtig?«

»Wir fahren nach Monticello«, sagte sie.

»Und bring den Werkzeugkasten Deines Vaters mit.«

Martha zog sich in Windeseile um. Ein alter Pullover und eine Jeans. Sie suchte ihre Handtasche, stopfte Schlüssel, Zigaretten und die Fernbedienung für die Einfahrt hinein, warf sich eine Jacke über und beeilte sich, das Haus zu verlassen. In ihrer Wohnstraße konnte Adriano nicht halten. Er würde, wie immer, in der Bushaltestelle an der nächsten Einmündung warten.

Ihre Gedanken flogen schneller von Rom nach Monticello, als Adrianos alter VW Jetta über die Landstraßen fahren konnte. Bei der Diskussion über Langhaar- oder Kurzhaarschnitt, die sie mit Signora Bocchi vor Jahren hatte, handelte es sich um eine gemeinsame persönliche Erinnerung, die nur sie und die Friseurin teilten. Ebenso wie der letzte Satz Giovannis vor ihrer Abfahrt nach Monterosi eine Erinnerung war, die sie eben nur mit Giovanni teilte.

Quando io non ci dovrei stare più, tieni il fuoco del nostro Amore nell occhi. Wenn ich mal nicht mehr sein sollte, behalte das Feuer unserer Liebe im Auge.

Dass Giovanni das an seinem letzten Tag zu ihr gesagt hatte, gehörte eben nicht zu dem für jedermann recherchierbaren öffentlichen Allgemeingut, und es war auch keine Spekulation oder eine mutige Schlussfolgerung eines schwedischen Möchtegern-Detektivs. Das war ein Gespräch zwischen Giovanni und ihr. Das kann und konnte niemand anderes wissen. Damals hatte sie diesem Satz so wenig Bedeutung beigemessen, dass sie ihn sogar fast vergessen hatte. Wieso hätte sie, nichts von all dem ahnend, was kommen würde, diesem Satz auch Bedeutung geben sollen? Nun aber, durch die beiden Schweden in einen neuen Kontext gebracht, erhielt dieser Satz nicht nur seine Bedeutung, er bekam sogar plötzlich einen Inhalt, eine Botschaft.

In ihrer ersten Liebesnacht, als sie noch lange eng umschlungen vor dem knisternden Kamin im Salon lagen, bezeichnete Giovanni ihre kleine Villa als das Nest ihrer ewigen Liebe und die Flammen im Kamin als das Feuer ihrer Liebe. Wenn also die Schweden mit ihrer Theorie auch nur annähernd recht hätten, müsste Giovanni in seinem Abschied auf den Kamin angespielt haben.

Martha trieb ihren Neffen immer wieder an, noch schneller zu fahren. Als Sie ihm zum hundertsten Mal ein »Beeil Dich!« entgegen zischte, nahm er deutlich Fahrt heraus und bellte zurück, dass er nicht gewillt sei, seinen Führerschein für 50 Euro zu riskieren. Martha stöhnte laut und wippte beständig mit den Füßen im Fußraum, so als gäbe sie selber Gas.

Endlich in Monticello angekommen, steuerte Adriano den Wagen langsam durch die kleinen Straßen und erreichte schließlich das große Tor, welches das weitläufige Grundstück abschloss. Martha fischte die Fernbedienung aus ihrer Handtasche und öffnete vom Beifahrersitz aus die Einfahrt. Der Jetta rollte den Zufahrtsweg entlang, vorbei an den noch nicht blühenden Sträuchern und Büschen und hielt am Ende auf dem Platz vor dem Haupteingang.

»Du wartest hier, hörst Du?«, befahl Martha ihrem Neffen, nahm sich den Werkzeugkasten von der Rückbank und steuerte auf die Eingangstüre zu.

Seit vielen Jahren schon hatte Martha das Schlafzimmer im oberen Stock nicht betreten. Und auch jetzt vermied sie es. Natürlich war in diesem Zimmer heute nichts mehr so wie vor 35 Jahren, aber es war das Zimmer an sich, das ihr Angst machte. Sie ging direkt durch die Diele in den nach hinten hinaus gelegenen Salon mit dem Panoramablick über die Bucht. Zitternd vor Aufregung stand sie vor dem Kamin, dessen äußere Verblendung und Innenwände mit grauen Quadersteinen gemauert waren. Sie stellte den Werkzeugkasten neben sich ab und ließ ihre Jacke und die Handtasche ebenfalls zu Boden gleiten. So stand sie eine ganze Weile dort, ohne sich zu rühren. Ihr Herz pochte, und sie atmete schwer.

Schließlich krempelte sie die Ärmel ihres Pullovers hoch, kniete sich vor den Kamin, dessen Innenwände mit Ruß bedeckt und auf dessen Boden über einer Schicht verkohlter Reste bereits frische Scheite aufgeschichtet waren. Sie drehte sich um, öffnete den Werkzeugkasten und entnahm diesem einen kleinen Hammer. Damit klopfte sie an den Innenwänden Stein für Stein ab auf der Suche nach einem, bei dem das Klopfgeräusch auf einen dahinter liegenden Hohlraum schließen ließ. Aber alle eingemauerten Steine klangen gleich. Martha legte den Hammer beiseite und befühlte alle Steinreihen in der Hoffnung, dass vielleicht einer der Steine etwas lockerer war als die anderen. Wieder nichts. Dann schob sie die frisch aufgeschichteten Holzscheite mit der Hand beiseite und prüfte nun auch an allen Innenwänden die beiden unteren Steinreihen.

Und diesmal entdeckte sie etwas.

In der zweiten Reihe von unten in der linken Innenwand war einer der hinteren Steine etwas locker. Nicht schlecht, dachte sie, denn das war eine gut ausgewählte Stelle, auf die die Sicht bei gefülltem Kamin verdeckt war, einmal ganz abgesehen davon, dass sowieso kein Mensch einen Anlass hätte, bewusst dahin zu schauen, geschweige denn, an den mit Ruß verschmierten Steinen zu rütteln.

Wenn sie ihre Fingerkuppen auf den Stein legte, konnte sie ihn im leichten Spiel poröser Fugen ein paar Millimeter hin- und herbewegen. Aber sie konnte ihn mit bloßen Händen nicht herausziehen, weil sie seine Kanten nicht zu fassen kriegte. Stattdessen nahm sie aus dem Werkzeugkasten zwei kleine Schraubenzieher und drückte sie links und rechts in die Fugen. Die Hose werde ich wegschmeißen können, ging ihr durch den Kopf, denn um mit beiden Händen beide Schraubenzieher bewegen zu können, musste sie sich mit dem rechten Knie in der Asche abstützen.

Martha hielt beide Schraubenzieher mit den Händen fest umklammert und bewegte sie möglichst synchron hin und her, so dass der Stein sich Millimeter für Millimeter nach vorne aus seinem Loch schob. Ein Stückchen noch, dann lugte er weit genug heraus, dass Martha ihn mit ihren Fingern an seiner oberen und unteren Kante packen und einfach herausziehen konnte. Sie legte ihn ab und warf die beiden Schraubenzieher hinter sich in den Salon.

Dann lehnte sie sich zurück und kramte in dem Werkzeugkasten nach der kleinen Taschenlampe, die in einem der Fächer lag. Nachdem sie die Lampe ertastet und genommen hatte, beugte sie sich wieder in den Kamin und hielt den Leuchtkegel in das dunkle Loch, in dem der herausgezogene Stein kurz zuvor noch gesteckt hatte. Sie musste sich mit ihrem Oberkörper sehr weit zur Seite legen, um überhaupt in das Loch blicken zu können, und beinahe hätte sie dabei das Gleichgewicht verloren und wäre der Länge nach in die alte Asche gefallen. Das Loch war vielleicht 5 bis 10 cm tief und endete vor dem glatten Abschluss des an den Kamin anschließenden Mauerwerks. Und es lag nichts drin in dem Loch.

Martha legte die Lampe ab und seufzte.

Erst als sie den herausgezogenen Stein wieder in das freie Loch schieben wollte, fiel ihr Blick auf dessen Rückseite und sie erschrak. Für einen Moment war sie starr. In die Rückseite des Steins war notdürftig, vermutlich mit Hammer und Schraubenzieher, über die gesamte Länge des Steines eine Vertiefung, eine halbrunde Rille, hineingeschlagen worden. Und in dieser steckte, mit Gewalt eingeklemmt und dadurch ein wenig verbeult, ein silbernes, metallenes Zigarrenröhrchen mit Schraubdeckel. Sie befreite das Röhrchen, zwängte sich aus dem Kamin heraus und ließ sich, sitzend mit dem Rücken zur Kaminverblendung, auf dem Boden nieder. Fassungslos und mit pochendem Herzen starrte sie auf das Zigarrenröhrchen, das quer in ihren mit Ruß bedeckten Händen lag.

Martha Vadeva wischte sich, so gut es eben ging, den Ruß von den Fingern an ihrer Hose ab und öffnete den Schraubverschluss des Zigarrenröhrchens. Sie hielt die Öffnung gegen das Licht der hereinströmenden Nachmittagssonne und schaute hinein. Sie erkannte gerollte Aluminiumfolie, die sie vorsichtig aus dem Röhrchen herauszog. Es waren drei Lagen, die ineinander gerollt waren. Zwischen den Lagen eingepackt, zum Schutz vor der Hitze des Kaminfeuers, befanden sich zwei Bogen Papier, die mit einer bewusst kleinen Handschrift eng beschrieben waren. Zunächst konnte Martha die ersten Zeilen nicht entziffern, weil ihre zitternden Hände das Papier nicht ruhig genug halten konnten. Sie zog ihre Beine an und drückte den ersten Bogen fest auf ihren rechten Oberschenkel, um ihn zu fixieren. Dann entnahm sie ihrer Handtasche ihre Lesebrille und las.

Mein letzter Wille
Ich, Giovanni Gambesi, geboren am 27.07.1943 in Rom, erkläre hiermit im Vollbesitz meiner geistigen Kräfte, dass ich meine derzeitige Verlobte, Frau Martha Marinelli, geboren am

12.06.1948 in Ostia, im Falle meines Todes als Alleinerbin
meines Vermögens, sowohl meiner finanziellen als auch
materiellen Güter, bestimme.

Sollte direkten Familienmitgliedern von Gesetzes wegen ein
Pflichtanteil zustehen, so soll dieser aus dem monetären Teil
meines Vermögens bestritten werden. Es ist bei einer etwaigen
Feststellung mehrerer Pflichterben darauf zu achten, dass Frau
Martha Marinelli auf jeden Fall den Vergnügungspark Terra de
miracoli, den ich kürzlich in cielo degli Angeli umbennen ließ,
zur Gänze erhält und etwaige weitere Erben aus dem sonstigen
Vermögen befriedigt werden.

Monticello, den 27.03.1975
Giovanni Gambesi

Martha vergaß fast zu atmen und starrte hinaus auf die
Bucht. Mein Gott, mein Gott, mein Gott, ging es ihr immer
wieder durch den Kopf.

Dass sie nun, die Durchsetzbarkeit dieses Testaments
vorausgesetzt, Multimillionärin sei, registrierte sie nicht.
Es interessierte sie auch nicht. Es überwältigte sie
vielmehr die Tatsache, dass sie nach 35 Jahren Sehnsucht,
nach 35 Jahren Einsamkeit, einen handschriftlichen Brief
von Giovanni in Händen hielt, der für sie so neu war, als
wäre er gerade erst verfasst worden. Sie legte das
Testament vorsichtig neben sich auf den Boden und nahm
den zweiten Bogen zur Hand.

Monticello, den 27.03.1975
Geliebte Martha,

Es ist kurz vor Mitternacht. Du bist eingeschlafen. Ich sehe Dir gerne beim Schlafen zu. Denn dann ruht Dein Gesicht, und es ist noch weicher, noch erhabener als sonst. Immer, wenn ich Zeuge Deines schlafenden Antlitzes sein darf, ruht für mich die Zeit. Kein Gestern. Kein Morgen. Es gibt nur diesen Moment, und der ist unendlich. Unvergänglich.

Ewig seiend im einzig wahrhaft Wirklichen: im Jetzt.

Ich danke Dir. Ich danke Gott für Dich. Du bist meine Liebe. Wenn Du schläfst, brauche ich nicht zu sagen, Du bist meine "einzige" oder "große" oder "wahre" Liebe. Ich brauche nicht zu sagen, Du seiest es schon immer gewesen, oder dass Du es immer sein wirst. Denn im Anblick Deines schlafenden Daseins umfasst das einzig wahrhaft Wirkliche, das Jetzt, alle Zeit und alle Form. Daher ist für mich alles gesagt, wenn ich Dir schreibe: Du BIST meine Liebe.

Geliebte Martha, morgen kommt mein Bruder Luigi, und er bringt vermutlich jemanden mit: meinen Mörder. Weil ich Dir nicht abschwören kann. Es ist ein Beschluss der Familie, dem ich nicht entrinnen kann. Nur der Widerruf unserer Liebe wäre die Alternative. Aber Du bist meine Liebe. Alles andere tritt ohne Bedeutung hinter diesem einzig wahrhaft Wirklichen zurück. Es ist jetzt. Und damit ist es ewig. Vermisse mich nicht. Ich bin! Und damit ewig.

Ich verspreche Dir: Wir sehen uns wieder.

In einem anderen Leben.

Dein Mann Giovanni

Der Brief entglitt ihrer Hand. Er schwebte mit zwei sanften Schwüngen durch die Luft und legte sich auf die Steinfliesen.

»... in einem anderen Leben.«

Martha lehnte ihren Hinterkopf an den Kamin und ließ ihre Arme nach unten sinken.

Der Abschied, den nur Giovanni kennen konnte. Das angeborene Muttermal quer über der Halsschlagader. Der sie magisch anziehende Blick aus blauen, schwedischen Augen. Geboren am 24. Dezember 1975, genau neun Monate nach Giovannis Tod. Der Tagebucheintrag eines Mannes am anderen Ende der Welt, an dessen Seite ein 15 Monate altes Kleinkind schläft. Es schläft. Die Zeit steht still. Und das Kind brabbelt im Traum.

Es brabbelt.

Es spricht im Schlaf.

Italienisch!

Lediglich aus der Küche war das leise Ticken einer analogen Uhr im Herd zu hören. Im oberen Badezimmer stand ein Oberlicht auf kipp, und der leichte Windhauch bewegte in sanften Wellen den ockerfarbenen Vorhang. Die Eingangstür stand noch einen Spalt offen, der Schlüssel baumelte im Loch. Im Schlafzimmer bewegte sich nichts. Stillleben. Das ganze Haus erzitterte plötzlich unter einem durchdringenden Schrei.

Adriano trommelte mit seinen Fingern auf das Lenkrad im Takte des Beats, der aus dem Radio kam. Sein rechter Fuß wippte den gedachten Bass dazu, als er seine Tante aus dem Haus kommen sah. Sie zog ihren Schlüssel aus der Tür und ließ diese ins Schloss fallen. Dann lief sie auf den VW zu. Lediglich ihre Handtasche hielt sie fest in ihrer Faust, vom Werkzeugkasten keine Spur. Martha sprang auf den Beifahrersitz und knallte die Tür zu.

»Los, beeil Dich!«

»Was ist denn mit Dir los? Bist Du unter die Kellerkinder geraten? Du bist ja dreckig wie Sau!«

Martha schrie: »Gib Gas, los!!«

Adriano zündete den Wagen, zog die Handbremse an und drehte sich auf dem Kies mit viel Gas auf der Stelle, bis die Wagenfront in Richtung Ausfahrt zeigte. Dann fuhr er los.

»Zurück zu Dir?«

»Zum Flughafen, mach schnell. So schnell Du kannst.«

»Zum Flughafen?? Was denn für ein Flughafen?«

»Da Vinci natürlich. Kennst Du noch einen? Gib Gas, Junge, bitte, gib Gas!!«

In dem Moment erreichten sie die T-Mündung zur Viale Garibaldi, auf der Adriano nach alter Gewohnheit rechts abbiegen wollte, um den normalen Weg in den Nordosten Roms zu nehmen. Aber er reagierte sofort und riss den Wagen mitten auf der Straße herum in die westliche Richtung. Ein Kleintransporter, der auf der Gegenspur von Osten kam, musste abbremsen, um einen Zusammenstoß zu vermeiden und begleitete das Manöver natürlich mit einem anhaltenden Hupkonzert. Adriano kümmerte sich nicht darum, sondern beschleunigte den Wagen auf der Küstenstraße so schnell es dieser hergab. Martha hörte kein Hupen. Eigentlich wären beide

Fahrtstrecken infrage gekommen. Aber Adriano hatte sich kurzfristig anders entschlossen. Um diese Tageszeit auf den Ring zu fahren, es war inzwischen später Nachmittag, wäre Wahnsinn gewesen. Dichtester Berufsverkehr. Zäh fließend, wenn man Glück hat.

Also nahm Adriano die Strecke nach Westen, um den ganzen Lago di Bracciano herum bis nach Bracciano selbst. Von dort über die Landstraße bis zur A12, die Autostrada entlang der Mittelmeerküste. Sie führte von Norden her an den Flughafen heran, und man musste erst kurz vor dem Flughafen auf die A91 wechseln. Dieses letzte Stück könnte um diese Zeit noch einmal kritisch werden, aber die Fahrt bis dahin dürfte recht flüssig vonstattengehen.

Für Martha dauerte es eine Ewigkeit, für sie war es die scheinbar langsamste Autofahrt ihres Lebens. Sie konnte kaum ruhig sitzen bleiben, bewegte sich ständig hin und her oder ruckelte mit ihrem Oberkörper vor und zurück, als wolle sie dem alten VW, wie einem Schlitten, mehr Schwung geben. Martha warf immer wieder einen Blick auf den Tacho und seufzte. Der blaue Teppich des Mittelmeeres, der am Horizont an ihrem Beifahrerfenster vorbeizog, schien sich überhaupt nicht zu bewegen, und immer wieder musste Adriano den Wagen auf die rechte Fahrspur lenken, weil schnellere Fahrzeuge hinter ihm aufblinkten und hupten. Und das, obwohl Adriano schon 140 km/h fuhr, während auf der A12, wie überall in Italien, nur 120 erlaubt waren.

Am Ende der A12 wechselte er endlich auf die A91, und von nun an ging es noch langsamer. Einen Stau hatten sie zwar nicht, aber der dichte Verkehr in Richtung Flughafen zwängte die einzelnen Fahrzeuge in eine langsame, 60 km/h fahrende, Kette.

»Oh Gott, oh Gott, oh Gott«, entfuhr es Martha immer wieder. Ab und zu warf sie einen Blick auf ihre Handtasche, die im Fußraum lag, nur um sich zu vergewissern, dass sie noch da ist.

Eine 250-Millionen-Euro-Handtasche.

Endlich erreichten Sie die Ausfahrten auf das Flughafengelände. Die Fahrspur teilte sich bald an einer Gabelung.

»Ankunft oder Abflug, Tante?«

»Abflug! Abflug!«

Adriano steuerte den Wagen in die rechte Bahn und fuhr an einer schier endlosen Kolonne wartender Taxen vorbei, bis er endlich an der Gebäudefront mit den vielen Eingangstüren ankam. Natürlich waren nirgendwo Halte- geschweige denn Parkmöglichkeiten für Nicht-Taxen vorgesehen.

»Halt an!«

»Hier??«

»Ja doch! Halt an und lass mich einfach raus. Fahr ins Parkhaus und warte auf mich. Ich zahle.«

Adriano bremste ab, und sofort schwoll das unausweichliche Hupkonzert hinter ihm an. Martha kümmerte es nicht. Sie schnappte sich ihre Handtasche, sprang aus dem Wagen und rannte los. Mit dem ganzen Schwung preschte sie durch eine der Schwingtüren und stürmte in die Abfertigungshalle des Flughafens. Hektisch schaute sie sich um auf der Suche nach einer Anzeigetafel oder einem Monitor. Weiter hinten erkannte sie drei Reisende, die vor einem Monitor standen. Sie lief los. Der Hall ihrer Laufschritte war in der ganzen Halle zu hören. Vor dem Monitor kam sie nicht rechtzeitig zu stehen und rempelte einen der Männer zur Seite.

»Scusi ... scusi«, murmelte sie nur und fuhr mit ihrem Finger die Flugreihen auf dem Monitor ab. Neapel. Prag. Wien. Mailand. Frankfurt. Da! Frankfurt. Lufthansa-Flug 3847. 18.10 Uhr. Gate 36.

Sie schaute auf die Uhrzeit. 17.57 Uhr.

Wo ist Gate 36? Sie entschied sich einfach für eine Richtung und rannte los. Dann erkannte sie ein Schild, das an der Decke hing. 'Zu den Gates' und ein Pfeil nach rechts. Fast wäre sie ausgerutscht, als sie auf dem gefliesten Untergrund die Kehrtwende vollzog. Sie rannte den Gang hinunter, so schnell sie konnte. Gate 47. Gate 46. Gate 45. Immer wieder musste sie Menschen mit Gepäck ausweichen. Gate 42. Gate 41. Gate 40. Sie rempelte beim Vorbeilaufen eine dicke Frau mit Hut an. Flüche verfolgten sie. Gate 39. Sie kam aus der Puste. Wurde langsamer. Gate 38. Gate 37. Endlich. Neben einer großen Panoramafront aus Glas erreichte sie Gate 36.

Sie erkannte das Fließband zur Durchleuchtung des Gepäcks und den großen Detektor, das Durchgangstor daneben. Sicherheitsleute in blauen Uniformen standen dort und unterhielten sich.

Passagiere waren nicht zu sehen.

Über dem Durchgang zum Gate 36 war eine Anzeige mit der Flugnummer 'LH 3847', dem Ziel 'Frankfurt' und der Zeitangabe: 18.03 Uhr.

Sie rannte auf einen der Uniformierten zu und versuchte diesen anzusprechen. Sie war außer Atem.

»Bitte ..., Signore ..., bitte ...«

Sie legte ihre Hände auf die Hüften und beugte sich vor, um einmal ruhig durchzuatmen.

»Ein Mann ... in der Maschine ...«

Sie schnaubte.

»Ich muss ihm was sagen. Bitte!«

Der Sicherheitsmann sah sie freundlich an.

»Scusi, Signora.«

»Bitte!« Ihre Stimme wurde flehentlich.

»Selbst, wenn ich wollte, Signora, aber die Maschine hat sich schon von der Gangway abgekoppelt und befindet sich schon auf der Bahn.«

Martha keuchte.

Der Mann legte ihr die Hand an die Schulter und drehte sie sanft zur Seite.

»Schauen Sie, Signora. Sie können es sehen, hier, durch die Panoramafenster.« Mit diesen Worten schob er sie vorsichtig zu der großen Glasfront. Die Maschine mit dem Kranich hatte sich von der Gangway gelöst und bewegte sich langsam rückwärts. Am Ende des Vorplatzes schwenkte sie um und fuhr vorwärts auf die Zubringerbahn. Martha presste ihre schweißnasse Hand gegen die Scheibe. Ihr Flüstern war Ausdruck purer Verzweiflung:

»Giovanni ...«

»Signora?«

Der Mann in der Uniform stand noch immer neben ihr.

Martha antwortete nicht.

»Signora, sehen Sie ...«

Der Sicherheitsmann zeigte auf eine Aussichtsplattform zu ihrer Rechten, einige Meter höher gelegen. Dort oben stand etwa eine Handvoll Menschen, einige davon hatten Ferngläser. Sie beobachteten die startenden und landenden Maschinen.

Der Sicherheitsmann ging einige Meter voraus und öffnete eine gläserne Tür in der Fensterfront, hinter der eine Außentreppe mit nur wenigen Stufen auf die Plattform führte. Martha löste sich langsam von der Scheibe und steuerte auf den Mann zu, der die Türe immer noch für sie offen hielt. Finger für Finger verblasste der feuchte Abdruck ihrer Hand langsam auf dem Glas. Dann verschwand er gänzlich.

Martha stieg die wenigen Stufen bis zur Aussichtsplattform empor. Dort angekommen lehnte sie sich an die Brüstung und suchte die Lufthansa-Maschine, in der Jens Karlson saß. Das Flugzeug war inzwischen auf der Startbahn an- und dort zum Stillstand gekommen. Als Passagier mochte sie diesen kurzen Moment. Die letzten spannenden Sekunden, bevor dieser ungeheure Schub einsetzte.

Dann gab der Pilot Gas. Die Maschine beschleunigte und wurde schneller und schneller. Martha folgte der Fahrtrichtung mit ihrem Kopf. Plötzlich senkte sich das Heck der Maschine, und die Nase richtete sich auf. Wie an einer langsamen Schnur gezogen verloren die Reifen den Bodenkontakt, und die Maschine hob ab. Martha folgte ihr mit den Augen. In einer bestimmten Höhe wurde das

Fahrwerk eingefahren, und das Flugzeug stieg höher und höher. Martha musste bereits ihren Kopf in den Nacken legen, um noch sehen zu können, wie Jens Karlson durch die tief hängenden Wolken stieß und im Himmel von Rom verschwand.

Sie blieb noch sehr lange auf der Aussichtsplattform stehen. Die Menschen um sie herum kamen und gingen. In ein paar Tagen, da war sich Martha sicher, würde sie mit Giovannis Testament Signore Castellani aufsuchen. Was sie jedoch von diesem Tage an nie wieder aufsuchte, war Giovannis Grab.

Denn das war für sie fortan leer.

Der Nobelpreis

Der Nobelpreis für Physik geht an Professor Otto
Bendner vom europäischen Kernforschungszentrum
CERN. Seine Entdeckungen im größten
Teilchenbeschleuniger der Welt verändern alles.
Bendner freut sich über die Auszeichnung, aber die
massive Kritik an seiner Person sorgt ihn.
Dann wird er in Stockholm von einem geheimnisvollen
Kollegen kontaktiert ...

Professor Otto Bendner vom europäischen Kernforschungszentrum CERN klopfte sein Manuskript auf
der Tischplatte zurecht. Dann erhob er sich und steuerte
auf das Rednerpult zu.

In zwei Tagen, traditionell am 10. Dezember, würde er
vom schwedischen König die Urkunde und die Medaille
überreicht bekommen, die ihn als Nobelpreisträger für
Physik auszeichneten. Auch wenn er an diesem Tag
nervös sein würde, so war das doch der einzige Termin in
der ganzen Woche, auf den er sich freute. Damit gehörte
er zu einem erlesenen Kreis berühmter Wissenschaftler. Er
würde dann in einem Atemzug zu nennen sein mit
Conrad Röntgen, Marie Curie, Albert Einstein oder Max
Planck. Aber auf den Rest der sogenannten Nobelwoche
würde er liebend gerne verzichten.

Rund um die Preisverleihung im Konserthuset hatten
die Schweden eine ganze Reihe von Veranstaltungen
etabliert. Den Anfang machten heute die Vorlesungen.
Nach den Statuten der Nobelstiftung sollen die Preisträger
für Physik und Chemie sowie der Gewinner des
inoffiziellen Wirtschaftspreises am 8. Dezember eine
Vorlesung über ihre Arbeit in der Aula Magna der
Universität Stockholm halten. Das Unangenehme daran
war für Otto Bendner, dass kein Fachvortrag erwartet
wurde, sondern vielmehr ein für Laien verständlicher, am
besten noch humorvoller Blick auf die eigene Arbeit, die
Karriere und die eigenen Mitarbeiter.

So etwas lag ihm nicht.

Außerdem fand er auch keinen wirklich humorvollen
Zugang zu seiner Arbeit, weil sein Projekt seit der

Veröffentlichung weltweit in der nicht-wissenschaftlichen Presse heftig kritisiert wurde. Auch graute ihm vor dem an die Preisverleihung anschließenden Bankett im Blauen Saal des Stadshuset. Am Ehrentisch des Bankets würden natürlich die Preisträger sitzen, aber auch die königliche Familie, hohe Repräsentanten der Nobel-Gremien sowie Ehrengäste jener Länder, aus denen die Preisträger kamen. Wegen Bendner war beispielsweise der deutsche Botschafter in Schweden an den Ehrentisch geladen worden.

Nach dem Bankett würde in den Goldenen Saal zum Tanz gebeten. Allein das schon fürchtete der 60jährige Physiker mit den kurzen stämmigen Beinen und der rundlichen Figur. Und er, der sich während seiner Arbeitszeit im Forschungszentrum in weichen roten Rollkragenpullovern am wohlsten fühlte, würde sich an diesem Tag in einem engen Smoking bewegen müssen.

Doch damit nicht genug.

Denn nach dem Tanz bittet die schwedische Studentenvereinigung traditionell noch zu einem aufwendigen Fest, bei dem die Preisträger zu allem Überfluss auch noch ihre Sangeskünste unter Beweis stellen müssen. Darüber hinaus ist jede einzelne Minute dieser Nobelwoche mit Veranstaltungen vollgestopft. Schulbesuche, Pressetermine, Besichtigungen.

Am 13. Dezember, dem letzten Tag der Nobelwoche, war zugleich das Luciafest, zu dem Kinder frühmorgens eine Prozession mit Kerzen veranstalteten, um die Preisträger eben dadurch zu wecken. Auf all das würde Otto Bendner gerne verzichten. Möglicherweise wäre er sogar bereit gewesen, auf die gut eine Million Euro Preisgeld zu verzichten, wenn man ihm diesen ganzen Rummel hätte ersparen können.

Nun hatte er hinter dem Rednerpult Stellung bezogen und räusperte sich. Die Aula war zum Bersten gefüllt. Auch die anwesenden Mitglieder der Nobelstiftung konnten sich nicht an einen derartigen Andrang von Professoren, Studenten und Journalisten erinnern.

Die jüngsten Entdeckungen im LHC, dem größten Teilchenbeschleuniger der Welt, waren so ungeheuerlich, dass Bendners Vorlesung allseits mit höchster Spannung erwartet wurde. Der Projektleiter am LHC sah auf sein Manuskript und dann noch einmal in die Runde der Versammelten. Dann begann er seine Vorlesung auf Deutsch.

Sehr geehrte Damen und Herren, verehrte Kollegen,

beginnen wir mit einem ganz konkreten Ergebnis meiner Arbeit. Seit wir im Frühjahr unsere neuesten Resultate veröffentlichten, ertrinke ich in Aufmerksamkeit. Das CERN wird rund um die Uhr von Fernsehteams einerseits und Demonstranten andererseits belagert. In den letzten Monaten mehrt sich eine immer bedrohlicher werdende Kritik auch in der seriösen Presse und sogar aus maßgeblichen Regierungskreisen der am CERN beteiligten Staaten.

Er ließ seine Worte für einen Moment in der Luft stehen. Dann fuhr er fort.

Schon vorher existierten Hunderte Bürgerinitiativen, die unsere Versuche zu verhindern trachteten, weil sie die Erzeugung von kleinen schwarzen Löchern befürchteten. Wie Sie wissen, haben wir bei den bisherigen Teilchenkollisionen tatsächlich sogenannte Mikro-Schwarze-Löcher nachweisen können. Aber ich kann Sie beruhigen. Diese werden die Erde nicht verschlingen. Ihre Masse ist dafür zu klein. Ihre Größe bewegt sich im Bereich von Elementarteilchen. Außerdem verstrahlen sie schneller, als dass sie eine auch nur annähernd kritische Masse aufbauen könnten. Sie sind nicht vergleichbar mit ihren großen kosmischen Kollegen. Die Panik und der Aufruhr der letzten Monate sind diesbezüglich völlig unbegründet.

Begründet dagegen sind das Staunen, das Interesse, ja sogar die Euphorie, die uns seitens der wissenschaftlichen Fachwelt entgegengebracht werden. Denn nicht allein die Erzeugung schwarzer Löcher bei Teilchenkollisionen ist das eigentlich Aufregende. Vielmehr stellen die physikalischen Gesetze, unter denen sie erzeugbar sind und die mit ihrer Existenz verbundenen Phänomene unser bisheriges Standardmodell der Physik auf den Kopf und beweisen stattdessen parallele oder ergänzende Theorien, wie beispielsweise die Stringtheorie.

Bendner schob die bereits verlesenen Blätter seines Manuskripts unter den Stapel und setzte bei dem nächsten an.

Was den ersten Punkt angeht, müssen Sie wissen, dass mikroskopische schwarze Löcher nach dem bisherigen physikalischen Kenntnisstand eigentlich überhaupt nicht existieren, demzufolge auch nicht erzeugbar sein dürften, weil die untere Grenze für die Masse eines schwarzen Loches mithilfe der im LHC maximal zu erzeugenden Kollisionsenergie nicht einmal annähernd erreicht werden kann.

Also stellt sich die Frage, wieso die kleinen Dinger trotzdem entstehen. Einem theoretischen Modell zufolge können sie in dieser minimalen Größe nur dann entstehen, wenn, und das betone ich besonders, wenn wir von der Existenz weiterer Raumdimensionen ausgehen, wie es die Stringtheorie tut. Es müssen also neben den uns bekannten drei Raumdimensionen noch weitere existieren. Aber damit nicht genug. Diese Extradimensionen alleine ermöglichen das Entstehen dieser Mikrolöcher nur dann, wenn sie sich in ihrer Ausdehnung über die sogenannte Planck-Länge hinaus dehnen. Aber auch das war nach den bekannten Formeln unmöglich.

Das Rätsel löste sich erst, als wir in unseren Nachberechnungen darauf stießen, eine bestimmte Konstante innerhalb der Plancklängen-Berechnung zu überarbeiten, um nicht zu sagen zu korrigieren. Inzwischen sind unsere Berechnungen von nahezu allen Instituten weltweit als zutreffend geprüft und bewertet worden.

Mit anderen Worten: Uns ist der Nachweis gelungen, dass es neben den uns bekannten drei Raumdimensionen noch weitere gibt. Ohne die Vergabe des Nobelpreises an mich nun selbst rechtfertigen zu wollen, darf ich Ihnen dennoch sagen, dass alleine dieser Nachweis eine physikalische Sensation darstellt und unser Weltbild auf den Kopf stellt.

Ich nehme allerdings an ...

Er hob seinen Kopf und blickte in die Gesichter seiner Zuhörer, die ihm bis dahin gebannt gelauscht hatten und nun der kommenden Ausführungen harrten.

…dass Sie nach den bisherigen Zeitungsmeldungen vielmehr auf den zweiten Teil unserer Erkenntnisse gespannt sind. Ich will Sie auch nicht länger auf die Folter spannen. Die Auswertungen der Daten bei den ersten Protonenkollisionen vor über zwei Jahren zeigten, dass im Kollisionszentrum sogenannte Myonen entstehen. Das hatten wir auch erwartet. Was wir nicht erwartet hatten, war, dass im Kollisionszentrum eben auch ein kleines schwarzes Loch entsteht, das diese Myonen wieder einfängt, bevor es selbst durch die eigene Hawkingstrahlung vergeht.

Was wir noch weniger erwarteten, war das Phänomen, das uns nun nach seiner Veröffentlichung die Fernsehteams und die Demonstranten vor dem CERN-Gelände beschert:
Die negative Lebenszeit der Myonen.

Von den jüngsten Versuchen mit anderen Teilchen, die sein Team im LHC hat kollidieren lassen, erwähnte Bendner in seiner Vorlesung nichts. Die Ergebnisse waren noch zu ungewiss, und sie waren auch nicht Bestandteil seiner veröffentlichten Arbeit, für die er in zwei Tagen den Nobelpreis erhalten würde. In seiner Vorlesung in der Aula Magna erläuterte er nur die Phänomene, die bei Protonenkollisionen zu beobachten gewesen waren.

Zunächst war es uns nicht ins Auge gesprungen, weil die Computeranimation der von uns gemessenen räumlichen Verteilungsdaten den Anschein erweckte, als flögen die bei der Kollision entstandenen Myonen vom Kollisionszentrum weg, bevor sie von dem ebenfalls entstandenen schwarzen Loch wieder eingefangen wurden. Bei einer genaueren Kontrolle der tabellarischen Daten jedoch stellte sich heraus, dass das schwarze Loch die Myonen eingefangen hatte, bevor diese überhaupt erst entstanden waren. Wenn Sie so wollen, starben sie zuerst, wurden dann eingefangen und schlussendlich geboren. Obwohl sie sich im Raum vorwärts zu bewegen schienen, bewegten sie sich in der Zeit rückwärts.

In der Aula wurde es merklich unruhiger. Bendner vermied eine Pause und sprach schnell und etwas lauter weiter.

Wie Sie wissen, wird laut Relativitätstheorie die Raumzeit durch eine Beschleunigung oder aber durch Schwerkraft, also Gravitation, gekrümmt, so dass die Zeit innerhalb des Krümmungshorizontes langsamer vergeht als außerhalb. Eben relativ vom jeweiligen Standort aus gesehen. Dieses Phänomen war uns bisher als die sogenannte gravitative Zeitdilatation bekannt. Was wir nun mit unseren Versuchen im LHC entdeckt haben, damit hat kein Physiker der Welt ernsthaft gerechnet. Ich gehe noch einen Schritt weiter. Auf diese Idee ist überhaupt niemand gekommen. Weil das von uns beobachtete Phänomen ebenfalls nur durch die Existenz der Extradimensionen erklärbar wird. Und nun warten Sie auf die Erklärung, richtig?

Gemurmel.

Die Gravitation des entstandenen schwarzen Loches, besser gesagt seine Gravitonenwolke, durchdringt auch die

Extradimensionen und krümmt die Raumzeit, bis diese ihren Scheitelpunkt überwindet. Die Zeit wird innerhalb des Ereignishorizontes so stark verlangsamt, dass sie sich nach Überwindung ihres Scheitelpunktes umkehrt. Sie können sich das am einfachsten so vorstellen, als rolle sich die Raumzeit sozusagen auf. Oder so, als stülpten Sie eine Socke auf links.

Gelächter.

Dieser Effekt betrifft allerdings nur einen relativ kleinen Radius im Raum, je nach Gravitationsfeld des Loches, im Falle unserer Versuche einen Radius in der Mikroebene von der Größe einer Elementarteilchenwolke. Und er wirkt auch nur für die kurze Zeit, in der das Loch existiert. Wir reden hier über wenige Nanosekunden. Nichtsdestotrotz ist es mit Verlaub eine Sensation. Eine, die über den Nachweis weiterer Raumdimensionen noch hinausgeht. Ich habe diesen Effekt in meiner Arbeit als reziproke Krümmung der gravitativen Zeitdilatation bezeichnet. Dieses Umstülpen der Raumzeit in allen Raumdimensionen innerhalb des Ereignishorizontes führt dazu, dass die Teilchen, in dem Fall die Myonen, sich weiterhin im Raum vorwärts bewegen können, während sie sich in der Zeit rückwärts bewegen.

Um Ihnen den Effekt der reziproken Krümmung der Zeitdilatation begreifbarer zu machen, übertragen wir ihn einmal zum Spaß in die Makroebene. Stellen Sie sich vor, der Effekt beträfe die gesamte Aula, in der wir uns gerade befinden. Sie würden feststellen, dass Sie hier in der Aula diesen Mittwoch ganz normal erleben. Sie würden sich normal unterhalten, von einem Punkt des Raumes zum anderen gehen,

Gegenstände aufheben und wieder ablegen, und Sie würden sich am Ende des Tages schlafen legen. Aber am nächsten Tag wäre es nicht Donnerstag, sondern Dienstag.

Stille.

Abgesehen von der wissenschaftlichen Tragweite unserer Entdeckungen stellt die Weltpresse gerne die Frage nach der Nützlichkeit, die Frage nach der praktischen Anwendbarkeit. Ich will offen zu Ihnen sprechen. Ich weiß noch nicht, in welchen konkreten Nutzen wir diese Erkenntnisse eines fernen Tages verwandeln können, aber diese Vorlesung heute soll nach dem Wunsch der Nobelstiftung ja bewusst kein Fachvortrag sein. Heute dürfen wir durchaus auch ein wenig spinnen. Vielleicht gelingt es uns eines Tages, den Effekt der reziproken Zeitdilatation auch in einem gewissen Radius außerhalb des Beschleunigerrings auftreten zu lassen. Ich bin zwar kein Mediziner, aber dann wäre es vielleicht denkbar, damit zu erreichen, dass sich Tumore zurück entwickeln.

Und bei der Gelegenheit lassen Sie mich Ihnen auch sagen, dass zukünftige Teilchenbeschleuniger, die dann eventuell für eine solche medizinische Anwendung gebaut werden, überhaupt nicht so groß sein müssen wie unser LHC. Ich arbeite jetzt seit einigen Jahren damit. Er ist der größte Teilchenbeschleuniger der Welt mit einer Gesamtlänge von 27 Kilometern. Und die 9.300 Magnete, die er benötigt, sind so groß wie Lastwagen. Diese gigantischen Ausmaße sind nur erforderlich, weil wir mit dem LHC beobachten wollen, was in ihm passiert. Das ist leicht einzusehen. Je kleiner die Teilchen sind, die es zu beobachten gilt, desto größer müssen nun einmal die eingesetzten

Mikroskope sein. Der LHC ist nicht deswegen so groß und lang, weil wir für die Beschleunigung diese lange Strecke bräuchten oder weil die Magnete so groß sind. Nein!

Alles ist nur deswegen so groß, weil wir so große Mikroskope in den Detektoren brauchen. Wenn wir aber irgendwann einmal die in einem Beschleuniger erzeugten Teilchenkollisionen nicht mehr beobachten müssen, weil wir ihren Ablauf kennen und kontrollieren können, dann gäbe es keine Mikroskope mehr in den Beschleunigern, und die Beschleuniger könnten deutlich kleiner sein.

Erinnern Sie sich an die Evolution der Computer. In seiner Anfangszeit füllte die Größe eines einzelnen Computers ein ganzes Kellergeschoss, was den damaligen IBM-Chef Thomas Watson zu der denkwürdigen Annahme verleitet haben soll, es gäbe weltweit vielleicht einen Markt für fünf Computer. Heute stecken Sie Geräte mit einer millionenfach höheren Rechenleistung bequem in Ihre Handtasche. Oder denken Sie an die ersten Mobiltelefone. So groß wie ein Aktenkoffer. Und heute sind sie kleiner als eine Zigarettenschachtel. Ich denke, wenn Teilchenbeschleuniger einmal keine Forschungsanlagen mehr sind, sondern Anwendungsgeräte, somit also die Mikroskope entfallen und wir die Strahlung abschirmen und eine entsprechend kleine und starke Magnettechnologie entwickelt haben, dann könnte ich mir sogar tragbare Teilchenbeschleuniger vorstellen, die nicht größer sind als ein Autoreifen.

Vereinzelt hörte er leise Pfiffe durch die Zähne. Das Wichtigste war gesagt. Professor Bendner schloss seinen Vortrag mit ein paar Anekdoten aus seinem Arbeitsalltag und natürlich mit einer gebührend lobenden Erwähnung seiner wichtigsten Mitarbeiter. Es blieb natürlich nicht aus, dass er im Anschluss von fragenden Journalisten umlagert und bedrängt wurde, bevor sein Kollege aus der Chemie mit seiner Vorlesung beginnen konnte.

Bendner war froh, als er am Abend ins Hotel zurückgebracht wurde. Die Nobelpreis-Gewinner wurden traditionell im Stockholmer Grand Hotel untergebracht. Bendner hatte eine Suite im Nordflügel des Hauses zugeteilt bekommen mit Blick auf den Kungsträdgarden. Als er die Rezeption betrat, wurde er von der blonden Rezeptionistin in einwandfreiem Deutsch angesprochen.

»Professor Bendner?«

Er ging auf sie zu.

Sie hielt ihm eine Visitenkarte entgegen.

»Da ist ein Herr in der Bar, der Sie gerne sprechen möchte.«

»Mich?«

Bendner nahm die Visitenkarte entgegen und warf einen Blick darauf. Sofort erkannte er das Design und das Logo. Eine Visitenkarte vom CERN. Ein Kollege also. Er las den Namen. »Dr. John Matthew – Abteilung 17« Dann steuerte er die Bar an. Bis auf den Barkeeper hinter der Theke war jedoch niemand zu sehen. Auf einem der Tische stand aber ein angetrunkenes Glas Orangensaft. Er ist wahrscheinlich auf der Toilette, dachte sich Bendner, bestellte sich einen hierzulande sündhaft teuren Martini und setzte sich an eben jenen Tisch mit dem Orangensaft und wartete.

»Guten Abend, Professor.«

Neben ihm stand plötzlich ein hochgewachsener Mann von etwa 40 Jahren. Bendner stand auf und gab ihm die Hand.

»Guten Abend, Dr. Matthew, sind Sie auch eingeladen worden?«

Die beiden Männer nahmen Platz.

»Nein, Professor, ich bin nicht auf Einladung der Nobelstiftung, sondern auf Kosten des CERN hier, um Sie zu begleiten. Meine Gratulation übrigens an dieser Stelle zum Nobelpreis.«

»Danke schön. Mich begleiten?«

»Ja, und zwar von heute an ungefähr die kommenden zwei Jahre.«

Otto Bendner sah seinen Kollegen überrascht an. Matthew erläuterte ihm sein Anliegen:

»Kurz nachdem Sie Ihre Arbeit in »Astronomy & Astrophysics« veröffentlicht haben, bin ich zur Abteilung 17 versetzt worden. Schon mal davon gehört?«

Bendner schüttelte den Kopf.

»Die 17 gehört zur Verwaltung und dokumentiert alle Arbeiten und Vorgänge im CERN. Dabei arbeite ich für das 2. Ressort. Es ist für die geschichtswissenschaftliche Dokumentation zuständig. Was ich sagen will: Ich bin beauftragt worden, ihren Werdegang, vor allem aber den Ihrer Arbeit für die wissenschaftliche Geschichtsschreibung festzuhalten.«

»In meiner Arbeit ist alles dokumentiert. Und wie es sich gehört mit Zwischenergebnissen, Entwicklungen und Berechnungen. Mit allen Anlagen. Brauchen Sie nur abzuheften. Was wollen Sie noch?«

»Das ist es ja gerade, Professor. Das haben wir alle, auch die Universitäten, jahrzehntelang gemacht. Arbeiten abheften. Für die Geschichtsschreibung ist jedoch viel mehr interessant als das. Fänden Sie es nicht außerordentlich spannend, heute noch einmal die Chance zu haben, Einstein bei seiner Arbeit persönlich begleiten zu können? Ihn direkt fragen zu können, wie er auf diese oder jene Idee gekommen ist? Für die Geschichtsschreibung sind nicht ausschließlich die nüchternen Berechnungen Newtons interessant, sondern die Szene, in der der Apfel vom Baum fällt, verstehen Sie? Aus dieser Erkenntnis heraus haben wir kürzlich dieses Ressort ins Leben gerufen, und meine Arbeit wird darin bestehen, Sie noch länger bei Ihrer Arbeit zu begleiten und zu befragen, um für spätere Generationen sozusagen die Bendner'schen Apfel-Szenen festzuhalten. Immerhin sind Sie ja nicht mehr irgendein Wissenschaftler. Sie sind Otto Bendner, der Nobelpreisträger. Der Mann, der den Bendner-Effekt bei der gravitativen Zeitdilatation entdeckt und nachgewiesen hat. Eine Berühmtheit, von der man noch in hundert Jahren mehr wissen will, als nur seine abgehefteten Berechnungen. Und diesem Ziel hat sich unser gemeinsamer Arbeitgeber mit der Einrichtung des Ressorts 17-2 verpflichtet. Ich bin quasi in nächster Zeit zwar nicht Ihr Mitarbeiter, aber Ihr persönlicher Wissenschaftsbiograf.«

Auch wenn es Professor Bendner störte, dass dieser Mann ihm mit seinem Auftrag die nächsten Jahre im Wege herumstehen wird, so fühlte er sich dennoch geschmeichelt. Es stimmte schon. Seine Entdeckung wird das Verständnis über die Welt so sehr verändern wie Einsteins Relativitätstheorie. Es gab inzwischen über 100 Physik-Nobelpreisträger, aber an wen erinnern sich auch Laien noch in einhundert Jahren? An Albert Einstein. Und an ihn selbst wird man denken, Otto Bendner. Die öffentliche Aufmerksamkeit, die ihm seit Monaten zuteilwurde, war enorm. Und tatsächlich, die Geschichte interessierte sich nicht alleine nur für Einsteins Relativitätstheorie, sondern vor allem für Einstein selbst. Die Bedeutung seiner Entdeckung ging weit über den zu dokumentierenden Inhalt seiner schriftlichen Arbeit hinaus.

Die beiden Wissenschaftler saßen eine Zeit lang schweigend am Tisch und beobachteten, wie sich die Bar langsam mit weiteren Gästen füllte. Dann ergriff der frischgebackene Geschichtsforscher wieder das Wort.

»Ihre Vorlesung hat mir gut gefallen. Sie haben noch mehr Fantasie als die ganzen versammelten Star-Trek-Journalisten.«

»Star-Trek-Journalisten?«

»Ja, Sie wissen schon, mit welcher Sensationsgier die Presse wissenschaftliche Entdeckungen aufzubauschen pflegt. Entdecken Astronomen einen Himmelskörper in einer klimatisch bevorzugten Entfernung von seinem Stern, so schreiben sie »Zweite Erde entdeckt«. Als vor ein paar Jahren erkannt wurde, dass Zwillingsteilchen an verschiedenen Orten gleichzeitig ihre Ladung ändern können, verstiegen sie sich sogar zu der Überschrift »Wissenschaftler entdecken das Beamen«. Diese Art von

Journalismus meine ich.«

»Ich verstehe. Darf ich Ihre Respektsäußerung meine Fantasie betreffend nun als Kompliment oder als Beleidigung verstehen?«

Die beiden Männer lachten und prosteten sich zu.

»Auf gute Zusammenarbeit.«

Als die warmen Sonnenstrahlen des jungen Sommers sein Büro fluteten, saß Professor Bendner über den Resultaten der letzten Kontrollversuchsreihe. Er stützte den Kopf auf seinen rechten Ellenbogen und blätterte mit der anderen Hand durch die ihm vorliegenden Tabellen, Berichte und Grafiken. Immer wieder unterbrach er die Lektüre, lehnte sich zurück und starrte nachdenklich an die Zimmerdecke, um sich dann wieder Notizen an den Rand der Blätter zu machen. Er wollte die Blätter gerade zusammenschieben, um seine Notizen mit seinem Team zu besprechen, als Dr. Matthew anklopfte und sein Büro betrat.

»Ihr Name ist tatsächlich jetzt schon unsterblich, Professor«, platzte er heraus und knallte ein Bündel wissenschaftlicher Journale auf den Tisch.

»Ihre Arbeit schlägt hohe Wellen. Und ausnahmslos alle Autoren und Kommentatoren haben sich darauf geeinigt, die reziproke Krümmung der gravitativen Zeitdilatation den »Bendner-Effekt« zu nennen. Darf ich Sie dazu beglückwünschen?«

Der Professor sah an dem jüngeren Kollegen hoch.

»Setzen Sie sich, Matthew.«

Der Doktor setzte sich Bendner gegenüber und sah ihm erwartungsfroh in die Augen. Bendner deutete mit einem Kopfnicken auf den Papierstapel mit den neuesten Ergebnissen.

»Er zeigt sich sogar außerhalb der Versuchsanlage.«

»Was meinen Sie?«

»Wir haben es mit schweren Blei-Ionen gemacht. Die Masse, und damit auch die Gravitationsreichweite der Mikrolöcher ist somit höher. Hier ...«

Professor Bendner reichte seinem Kollegen eine Tabelle mit den Daten der Myonen, die im Zentrum einer solchen Kollision von Blei-Ionen entstanden waren. Dabei tippte er mehrmals mit dem Zeigefinger auf die Spalten, in der die Lebensdauer der Myonen stand. Dr. Matthew stellte sofort überrascht fest:

»Aber deren Lebensdauer ist ja positiv, Professor.«

»Genau.«

»Sie müsste aber negativ sein.«

»Genau.«

»Und? Haben Sie eine Erklärung?«

»Habe ich.«

Professor Bendner erhob sich von seinem Platz und ging langsam zum Fenster. Er verschränkte seine Arme hinter dem Rücken und schaute in den angrenzenden Park.

»Die Detektoren lagen in der fraglichen Zeit hinter dem Ereignishorizont der Krümmung. In Wirklichkeit ist die Lebensdauer der Myonen natürlich negativ. Da aber auch die Detektoren hinter dem Ereignishorizont lagen, verging die Zeit auch für die Detektoren rückwärts, also quasi in gleicher Richtung wie die der Myonen. Und so haben wir ein umgedrehtes, sprich positives Messergebnis auf der Platte.«

Bendner drehte sich vom Fenster weg und sah Dr. Matthew herausfordernd an. Dann fuhr er fort.

»Lassen Sie mich noch einmal langsam rekapitulieren, und dann möchte ich von Ihnen hören, ob ich nun anfange, den Verstand zu verlieren oder nicht.

Also: nach der Relativitätstheorie vergeht die Zeit in einem Gravitationsfeld langsamer als außerhalb. Das ist die sogenannte gravitative Zeitdilatation. Nun haben wir bei einer Protonenkollision im LHC entdeckt, dass das starke Gravitationsfeld kurzlebiger Mikro-Schwarzer-Löcher innerhalb eines gewissen Radius die Raumzeit so stark krümmt, dass die Zeit um ihre eigene Achse kippt. Sie wird sozusagen innerhalb dieses Ereignishorizontes auf links gedreht und vergeht rückwärts. Innerhalb dieser gekippten Raumzeit können sich die Teilchen, also die Materie, zwar dreidimensional vorwärts im Raum bewegen, aber zeitlich bewegen sie sich rückwärts. Weil die Zeit innerhalb dieses Raumes rückwärts läuft. Das ist bekanntlich das, was ich in meiner Arbeit als reziproke Krümmung der gravitativen Zeitdilatation bezeichnet habe und was Kommentatoren nun schmeichelhaft den Bendner-Effekt nennen. So weit, so klar, ja?«

Dr. Matthew hatte aufmerksam zugehört und nickte zustimmend.

»Jetzt haben wir es in der letzten Versuchsreihe eben nicht mit Protonen, sondern mit schweren Blei-Ionen gemacht. Und die dabei entstehende reziproke Krümmung hat einen um etwa 32 Größenordnungen weiteren Horizont. So weit, dass selbst die Detektoren außerhalb der Röhre von dem Effekt betroffen waren. So haben die Detektoren eine positive Lebensdauer der Myonen aufgezeichnet, weil sie sich im gleichen Ereignishorizont befanden. Sie haben quasi die rückwärts laufende Zeit als vorwärts laufend gemessen, weil es für sie vorwärts war.«

Bendner ergriff seinen Kollegen bei den Schultern und schüttelte ihn.

»Verstehen Sie? Das ist der Wahnsinn! Da wird mir angst und bange.«

Dr. Matthew packte den Professor an den Unterarmen und unterband damit, weiter durchgeschüttelt zu werden.

»Nun mal langsam, Professor. Was die Detektoren aufgezeichnet haben, ist doch nur das, was nach dem physikalischen Standardmodell ganz normal und natürlich ist. Bei der Kollision sind Myonen entstanden, die eine Zeit lang existierten, bevor sie von dem ebenfalls entstandenen Loch eingefangen wurden. Das, was Sie vor zwei Jahren entdeckt haben, also die negativen Lebenszeiten, das ist doch eigentlich das Unnatürliche. Das, was sich mit dem Standardmodell nicht erklären lässt. Etwas, was wie eine Fehlmessung aussieht. Jetzt bekommen Sie normale, natürliche, nämlich positive Werte und erklären diese jetzt plötzlich für doppelt-reziprok. Denken Sie noch einmal nach. Könnten die Messungen vor zwei Jahren nicht wirklich eine Fehlmessung gewesen sein? Und jetzt machen Sie eine

Kontrollversuchsreihe mit Blei-Ionen und bekommen die Werte, die man auch erwarten würde. Genau dafür sind Kontrollversuchsreihen doch da.«

Der Physikprofessor zog seine Arme aus Matthews Griff und ging einen Schritt zurück. Dann sah er Matthew scharf an.

»Sie wissen, dass es keine Fehlmessung war. Ich habe mit meinem Team jetzt zwei Jahre an dem Nachweis gearbeitet, und wir haben ihn auch erbracht, nachdem uns aufgefallen war, dass eine bestimmte angenommene Konstante in der Berechnung der Plancklängen für die Extradimensionen korrigiert werden musste. Wir haben alles in »Astronomy & Astrophysics« veröffentlicht. Jetzt prüft gerade die ganze wissenschaftliche Welt meine Formel der reziproken Krümmung der gravitativen Zeitdilatation und nennt sie den »Bendner-Effekt«. Und alle jubeln. Warum? Weil die Berechnungen stimmen und die negative Lebenszeit der Myonen eben keine Fehlmessung war.«

Er trat nah an Matthew heran und tippte ihm mehrmals mit dem Zeigefinger auf die Brust.

»Und Sie wissen das, Matthew. Und soll ich Ihnen noch etwas sagen? Manchmal ertappe ich mich dabei, mir zu wünschen, dass irgendein Kollege auf der Welt uns einen Irrtum nachweisen kann. Denn, wenn wir zukünftig in der Lage sein sollten, diese Löcher mit noch schwereren und noch energiereicheren Teilchen herzustellen, dann könnte der Effekt sogar das ganze Zimmer umfassen oder vielleicht sogar noch mehr. Und die Auswirkungen will ich mir gar nicht vorstellen, *Doktor* Matthew.«

Er betonte den »Doktor« besonders stark. Dann nahm er seine Ausdrucke und machte sich daran, sein Team aufzusuchen. In der geöffneten Tür drehte er sich noch einmal zu Matthew um.

»Die jetzigen Werte sind doppelt-reziprok, Doktor. Hören Sie? Doppelt-reziprok!«

Dann ging er.

Matthew sprang auf und folgte ihm.

Als ein ungewöhnlich kalter Winter die Schweiz in seinem eisigen Griff hatte, machten Professor Bendner und Dr. Matthew einen ausgedehnten und stummen Spaziergang durch die Parkanlagen. Eine dicke Schneedecke verwandelte Bäume und Sträucher in kuriose Skulpturen. Matthew hatte diesen Spaziergang an der frischen Luft vorgeschlagen, nachdem sie sich zuvor im Team die Köpfe heiß geredet hatten. An einer Wegkreuzung brach er das Schweigen.

»Trotz aller Meinungsverschiedenheiten zwischen Dr. Niebaum und Ihnen, Herr Professor, können wir doch trotzdem konstatieren, dass das Ei bald gelegt ist, oder?«

»Ja.«

Bendner brummte etwas Unverständliches vor sich hin.

»Wie bitte?«, hakte sein Kollege nach.

Otto Bendner antwortete:

»Ich bin Niebaum ja auch dankbar. Das will ich nicht verhehlen. Immerhin war es seine Idee, die Konstante zu korrigieren. Ohne diese Korrektur hätten wir es nicht nachweisen können. Er geht mir in seinen voreiligen Rückschlüssen nur zu weit.«

»Nun ja, zum jetzigen Zeitpunkt kann noch niemand sagen, wohin uns das führt, oder? Auch Sie nicht, Professor. Aber wir brauchen Visionen. Sie halten die Fantasie am Leben. Und die meisten Entdecker der Geschichte haben mit einer sprühenden Fantasie ihre Entdeckungen gemacht. Ach, kommen Sie. Finden Sie nicht, dass ein ordentliches Gewitter zwischendurch auch wieder Schwung in die Bude bringt? Ich finde, Sie haben mit Niebaum einen sehr fähigen Vertreter.«

»Ja«, gab Bendner zu, »ohne ihn wären wir jetzt nicht so weit. Und ja, Visionen sind gut für die Arbeit, aber sie gehören nicht in die Endfassung. Da gehören nur nachprüfbare Fakten hinein.«

»Wissen Sie schon, wo Sie demnächst publizieren wollen?«

Der stämmige Professor sah an Matthew hoch.

»Ich habe die Dokumentation so strukturiert, dass es den bekannten Vorgaben von Astronomy & Astrophysics entspricht.«

Matthew lächelte ihn an.

»Sie denken strategisch, Professor. Das gefällt mir.«

Otto Bendner hielt an und schaute hinüber zu den nahen Bergen.

»Und eigentlich funktioniert es nur, weil es die Extradimensionen der Stringtheorie tatsächlich gibt und sie sich über die Plancklängen hinaus dehnen. Das ist die eigentliche Sensation.«

Er drehte sich zu Matthew um.

»Die Gravitonenwolke erstreckt sich über all diese Dimensionen, was zu einer, ich sage mal, reziproken Krümmung der Raumzeit führt und Auswirkungen dann auch auf unsere bisher bekannten drei Dimensionen hat. Mich würde interessieren, ob bei einem schwereren Loch der Ereignishorizont noch weiter geht. Wenn wir eine Kollision mit noch schwereren Teilchen machten, könnte sich der Materieklumpen zu einem größeren Loch komprimieren, und die Krümmung müsste nicht nur in seiner unmittelbaren Nähe messbar sein, sondern auch die anderen auseinander fliegenden Teilchen erfassen.«

Er kratzte sich mit dem dicken Handschuh am Kinn.

»Ich bräuchte einfach mehr Leute«, murmelte er und ging weiter.

Der Herbst war besonders verregnet. In diesen Tagen saß Professor Bendner oft mit seinen engsten Mitarbeitern zusammen. Sie trugen die neuesten Ergebnisse und Berechnungen aus ihren jeweiligen Arbeitsgruppen zusammen und diskutierten sie. Es ging darum, die inneren Zusammenhänge verschiedener Phänomene zu finden, um sie in einem einheitlichen Nachweis zusammenführen zu können. Nachdem Dr. Niebaum seine Ansätze zur Berechnung der Extradimensionen vorgetragen hatte, meldete sich Dr. Matthew zu Wort:

»Erlauben Sie mir eine Zwischenfrage, Dr. Niebaum?«

»Natürlich. Bitte sehr.«

»Wenn ich Sie richtig verstehe, dürften so kleine

schwarze Löcher nach dem Standardmodell der Physik eigentlich nicht entstehen. Sie entstehen dennoch, wenn man nach der Stringtheorie von der Existenz weiterer Dimensionen ausgeht, die sich aber von ihrer Größe her über die Plancklänge hinaus dehnen müssen, was Ihrer Ansicht nach nicht möglich ist.«

»Nicht möglich will ich nicht sagen. Vielleicht müssen wir die Plancklänge anders berechnen. Aber daran arbeite ich noch.«

»Gut, aber ich wollte eigentlich auf etwas anderes hinaus. Dass sie entstehen, können wir ja beobachten und durch die Hawkingstrahlung auch nachweisen. Was ich gerne wissen möchte, ist, warum sie tatsächlich nicht Stück für Stück alles aufsaugen, wie von der Bevölkerung befürchtet. Ich meine, ihr Gravitationsfeld ist offenbar derart stark, dass es innerhalb seines Radius die Zeit umdrehen kann, aber es scheint nicht so stark, alles aufzufressen.«

Dr. Niebaum wies mit einer Handbewegung auf eine attraktive Mittdreißigerin, die bis dahin noch nichts gesagt hatte.

»Frau Dr. Seite ist für die Technologie der Magnete verantwortlich«, warf Professor Bendner dazwischen.

Nun ergriff die Wissenschaftlerin das Wort, welches ihr von Dr. Niebaum mit seiner Handbewegung übertragen worden war.

»Nun, zum einen sind die Löcher zu klein, um stabil zu sein. Sie verstrahlen zu schnell, bevor sie ausreichend Materie einfangen konnten, um größer zu werden. Zum anderen liegt das auch an dem elektromagnetischen Feld, in dem alles vonstattengeht. Die Quadrupolmagnete des Beschleunigers fokussieren die Teilchen. Magnetismus und Gravitation sind zwar beide anziehend, aber es sind dennoch verschiedene Kräfte. Außer in unmittelbarer Zentrumsnähe des Lochs vermag die Gravitationskraft des Lochs andere Materie nicht aus dem Magnetfeld der Quadrupolmagnete zu ziehen. Die Gravitonenwolke jedoch durchdringt trotz des Magnetfeldes die Extradimensionen und führt so zur Zeitumkehr innerhalb eines gewissen Radius. Somit beobachten wir derzeit den Effekt, dass das Gravitationsfeld des Loches zwar eine Zeitumkehr bewirkt, jedoch nicht genügend Materie einfangen kann, bevor es verstrahlt.«

»Könnte man, natürlich im Schutz der Magnetfelder, stabilere Löcher entstehen lassen, um die Zeitumkehr länger andauern zu lassen?«

»Nach unseren bisherigen Berechnungen erscheinen stabile Löcher wegen der starken Hawkingstrahlung im Elementarbereich ausgeschlossen. Aber wir könnten den Zeitumkehr-Effekt dennoch länger aufrechterhalten und beobachten, wenn wir mehrere Teilchenfelder in kurzen Abständen durch die Röhren jagen. Sobald die Löcher, die bei einer Kollision entstanden sind, verstrahlen, erfolgt bereits die nächste Kollision. Das könnten wir nahezu beliebig lange fortsetzen und andauern lassen. Im Prinzip so wie in einem laufenden Automotor. Sobald der Kolben zurückkommt, erfolgt die nächste Zündung. Und wenn wir schwerere oder energiereichere Teilchen verwenden, könnten die Gravitationsfelder schwererer Löcher auch weiter reichen, so dass wir einen größeren Raum untersuchen könnten, in dem die Zeitumkehr herrscht.«

Matthew lehnte sich in seinem Stuhl zurück.

»Ich bedanke mich für Ihre Ausführungen. Nun möchte ich Sie nicht weiter stören.«

An einem besonders warmen Frühlingstag betrat Professor Bendner zunächst noch gut gelaunt den Bürotrakt seines Projektbereiches. Dort aber erwartete ihn seine Sekretärin mit einem äußerst missmutigen Gesichtsausdruck. Frau Stegmaier presste die Lippen aufeinander und wedelte ihm ein Blatt Papier entgegen.

»Was ist das?«

»Ihre Stellenanforderung«, zischte sie zwischen den Zähnen hervor. Bendner nahm ihr das Papier aus der Hand und überflog es auf dem Gang in sein Büro.

... können wir trotz ihrer jüngsten Resultate kurzfristig kein Team in der von Ihnen beantragten Stärke abstellen ... vertrauen wir auf eine hinreichend plausible Erklärung des Phänomens ... bemühen wir uns, mittelfristig Ihrem Personalbedarf gerecht zu werden ... dürfen wir Ihnen dennoch, zunächst auf zwei Jahre befristet, Herrn Dr. Matthew Ihrem Projekt überstellen ... kommen wir in naher Zukunft auf Ihr Gesuch zurück ... mit freundlichen Grüßen ... und so weiter.

Eine Kraft statt derer sechs. Bendner schüttelte den Kopf. Er stieß seine Bürotür etwas heftiger auf als sonst. Dr. Matthew, der am Fenster stehend auf ihn gewartet hatte, fuhr erschrocken herum.

»Ich sehe schon. Sie hatten wohl mehr erwartet«, begrüßte er seinen Chef. Bendner nahm hinter seinem Schreibtisch Platz.

»Allerdings.«

Er knallte seine spärlich befüllte Aktentasche flach auf den Tisch.

»Sie verwenden Jahrzehnte auf den Bau dieser Anlage, geben Milliarden aus, lassen Tausende Wissenschaftler und Mitarbeiter hier forschen und jetzt, ausgerechnet jetzt, wo wir genau das gefunden haben könnten, wofür all die Milliarden geflossen sind, haben sie keine sechs Leute für mich übrig?«

Die beiden Männer sahen sich eine Zeit lang schweigend in die Augen. Dann beruhigte sich Bendner wieder.

»Sie können nichts dafür«, sagte er zu Matthew.

»Also, willkommen als Mitarbeiter in meinem Team.«

»Danke, Professor. Es ist mir eine Ehre.«

»Ob das eine Ehre ist oder wird, kann ich Ihnen noch nicht versprechen, Doktor. Aber vielleicht, nur vielleicht, haben wir das Glück, Geschichte zu schreiben. Zuse hat den Computer bewusst und gewollt erfunden. Aber vieles, was unsere Welt verändert oder unser Wissen auf den Kopf gestellt hat, wurde zufällig entdeckt. Fleming entdeckte die Wirkung von Penicillin durch Zufall, auch Röntgen entdeckte seine Strahlen zufällig, und Pfizer wollte ein Herzmittel entwickeln, bis man feststellte, dass die Probanden eine Erektion bekamen. Wir dagegen suchen das Higgs-Teilchen, und jetzt finden wir das hier!«

Bendner zog die große Schublade auf, verstaute darin seine Aktentasche und stand dann auf.

»Kommen Sie«, sagte er zu Matthew.

»Ich will Ihnen was zeigen.«

Sie verließen den Bürotrakt und steuerten den Shuttle zum LHC an. Als sie die Anlage in über 100 Meter Tiefe erreichten, führte Professor Bendner seinen Kollegen durch unzählige Schleusen in eines der Rechenzentren, die die Daten der Detektoren sammelten und auswerteten. Ein gutes Dutzend Wissenschaftler arbeitete zu dieser Zeit an den Monitoren, und Bendner steuerte gezielt auf einen vollbärtigen Mann zu, der ihnen den Rücken zuwandte. Er legte dem Mann die Hand auf die Schulter und sagte:

»Jörg, Dr. Matthew gehört seit heute fest zu unserem Team, wenngleich auch erst einmal nur für zwei Jahre.«

Die beiden Männer gaben sich die Hand.

»Jörg, zeige unserem neuen Teammitglied doch einmal die Aufzeichnung der letzten Kollision.«

»Die besagte Tabelle?«

»Nein, zuerst die räumliche Darstellung.«

Kurze Zeit später erblickte Matthew auf dem großen Monitor eine Vielzahl verschiedenfarbiger Punkte und Striche auf weißem Grund, die in der 3D-Darstellung so etwas wie eine Kugel bildeten. Dr. Jörg Niebaum drehte diese Kugel hin und her, so dass die Männer sie von allen Seiten betrachten, ja sogar mit einem Zoom in sie hineinfahren konnten.

»Das, mein lieber Dr. Matthew, sind die verschiedenen Teilchen, Energien und Phänomene, die unmittelbar nach der Protonenkollision entstanden und zum Teil auch wieder vergangen sind. In dieser schematisch räumlichen Darstellung können wir sehen, wie weit sie sich vom Zentrum der Kollision entfernen und wohin. Es handelt sich allerdings nur um einen winzigen Bruchteil der aufgenommenen Daten. Um genau zu sein, zeigt dieses Bild die Situation nur wenige Nanosekunden nach der Kollision.«

»Und was ist das hier?«

Dr. Matthew zeigte auf eine auffällige Ansammlung roter Punkte, die erstaunlich symmetrisch eine Art innere Kugel mitten im Zentrum der Explosionswolke bildeten.

Professor Bendner klopfte ihm auf die Schulter.

»Das, mein Lieber, ist genau das, um was es hier geht.«

Ohne ein Wort des Professors abzuwarten, schaltete Jörg Niebaum auf die tabellarische Ansicht der Situation.

»Hier, Matthew«, dozierte Bendner weiter, »sehen Sie alle Daten in tabellarischer Form. Um welche Teilchen es sich handelt, ihre genauen Koordinaten im Raum, Zeitpunkt ihres Entstehens und Vergehens und so weiter.«

Dr. Niebaum scrollte die Tabelle zu einer Stelle, von der er wusste, dass der Professor sie seinem neuen Mitarbeiter zeigen wollte.

»Und das hier ...«

Bendner machte eine ausladende Kreisbewegung mit der Hand um einen größeren Tabellenblock,

»...das sind die Daten jener roten Punkte, die Ihnen in dem 3D-Schema aufgefallen sind. Es handelt sich um Myonen. Ihre Entstehung nach Protonenkollisionen ist bekannt. Diese hier zeichnen sich jedoch durch zwei neuartige Auffälligkeiten aus.«

»Und die wären?«

»Zum einen fliegen sie tatsächlich außergewöhnlich symmetrisch im Raum. Sie bilden einen nahezu perfekten Kreis um ein gemeinsames Zentrum, mit dem sie scheinbar verbunden oder an das sie gefesselt sind. Ihre räumlich symmetrische Lage unterscheidet sich kolossal von den chaotischeren Flugbahnen anderer Teilchen.«

»Ein Schwarzes Loch im Inneren.«

»Genau. Die zweite Sache ist noch bemerkenswerter.«

Professor Bendner forderte Dr. Niebaum auf, Matthew die Animation zu zeigen. Der soeben fest an Bendners Team abgeordnete Wissenschaftler sah sich nun am Monitor die ersten Nanosekunden nach der Kollision in einer animierten Bewegung an. Während andere Elementarteilchen auseinander flogen und sich weiter und weiter vom Kollisionszentrum entfernten, tauchten mit einem geringen zeitlichen Abstand plötzlich die rot eingefärbten Myonen in unmittelbarer Nähe des Kollisionszentrums auf, flogen ebenfalls zunächst davon, um kurz darauf in eine Kreisbahn zu schwenken und dann wieder zurück zum Zentrum zu fliegen, wo sie letztendlich vollends verschwanden.

Matthew sah Bendner an. Dann vermutete er:

»Das sieht mir so aus, als sei hier an dieser Stelle, in unmittelbarer Nähe des Kollisionszentrums, eines dieser kurzlebigen schwarzen Löcher entstanden, das die Myonen eingefangen hat, bevor es selbst verstrahlte.«

»Genauso ist es«, erwiderte Professor Bendner.

»Aber das allein ist nicht das Bemerkenswerte.«

»Was ist es dann?«

»Sie haben soeben das Leben dieser durch die Kollision entstandenen Myonen rückwärts ablaufen sehen.«

»Dann zeigen Sie es mir eben noch mal vorwärts.«

»Das haben wir getan, lieber Matthew. Die Animation läuft vorwärts, was Sie anhand der anderen auseinander fliegenden Teilchen sehen konnten.«

Die Animation begann noch einmal von vorne. Als die roten Myonen auftauchten und begannen, vom Zentrum wegzufliegen, zeigte Matthew auf sie.

»Hier, Professor! Jetzt sind sie gerade entstanden und beginnen damit, sich vom Zentrum zu entfernen, bis sie ...«

Bendner unterbrach ihn.

»Das war nicht das Entstehen der Myonen, das Sie da gerade gesehen haben. Es war der Zeitpunkt, an dem sie vom Loch verschluckt werden. Und was Sie als das Wegfliegen vom Zentrum zu erkennen glaubten, ist in Wirklichkeit das Hingezogenwerden zum Zentrum, nur rückwärts. Und das, was Sie gleich scheinbar als das Verschlucktwerden am Ende der Animation zu erkennen glauben, ist in Wirklichkeit die Geburt der Myonen. In der Animation sieht es so aus, als entstehen die Myonen, fliegen weg und werden wieder zurückgezogen und verschluckt. In Wirklichkeit läuft es rückwärts. Die Animation beginnt mit dem Verschlucken und endet mit der Geburt der Myonen. Die Entwicklung der Myonen läuft rückwärts. Alle Teilchen, auch die Myonen, bewegen sich im Raum vorwärts. Aber die Myonen bewegen sich in der Zeit rückwärts.«

»Erzählen Sie mir, wie Sie das herausgefunden haben,

denn nur die Animation alleine kann so oder so gedeutet werden.«

Ungefragt schaltete Dr. Niebaum wieder zurück auf die tabellarische Ansicht.

»Hier!«

Professor Bendner deutete auf drei Spalten am rechten Rand der Tabelle.

»Ihre Lebenszeit ist negativ.«

»Negativ?«

»Ja, negativ. Sie starben vor ihrer Geburt. Hier ...«

Er tippte mit seiner Fingerkuppe heftig auf den Bildschirm.

»Die Myonen entstanden exakt 3,7 Nanosekunden nach der Kollision, und sie wurden 1,9 Nanosekunden nach der Kollision vom schwarzen Loch verschluckt. Sie existierten also *minus* 1,8 Nanosekunden!«

Dr. Matthew sah dem Professor lange Zeit schweigend in die Augen.

»Das ist nicht nur äußerst bemerkenswert. Das ist mehr als das. Das ist eine Sensation!«, sagte er dann.

»Was Sie nicht sagen, Doktor Matthew. Und genau diese Sensation werden wir untersuchen. So lange, bis wir mit der Lösung, und sei es nur eine plausible Theorie, an die Öffentlichkeit gehen können.«

»Das sind Sie noch nicht?«

»Sind Sie verrückt, Doktor? Hunderte Bürgerinitiativen demonstrieren weltweit gegen diese Versuche. Aus Angst, diese Löcher könnten die Erde verschlingen. Bevor ich nicht ein handfestes Ergebnis vorzuweisen habe, ist das hier alles streng geheime Verschlusssache.«

Die beiden machten sich auf den Weg zurück zur Shuttle-Station. In einem Zwischengang blieb Bendner plötzlich vor einer Toilettentür stehen.

»Und dafür brauche ich ein größeres Team, verstehen Sie?« Matthew musste ebenfalls urinieren und folgte dem Professor zu den Urinalen.

»Zumindest ich werde Sie ja jetzt die nächsten zwei Jahre unterstützen, Professor«, sagte er, als sie vor den Urinalen standen und sich die Hosen öffneten.

Als Otto Bendner darauf etwas erwidern wollte und seinen Kopf zu Matthew drehte, bemerkte er, dass dieser unter dem Oberhemd eine eng anliegende gummiartige Weste auf der Haut trug. Auf deren Oberfläche umschlang in Hüfthöhe ein flaches ringförmiges silberfarbenes Gebilde seinen Körper.

Komisches Ding, dachte Bendner.

Er fragte sich kurz, ob es sich vielleicht um ein medizinisches Gerät handeln könnte, das Matthew wegen einer Krankheit tragen müsse, die er nicht offenbaren wollte. Vielleicht ein neues mobiles Dialysegerät oder so etwas. Aber er wollte Diskretion wahren und fragte nicht danach.

Dann ergriff Dr. Matthew wieder das Wort.

»Ich werde meine ganze Energie und Zeit in dieses Projekt stecken. Ich werde Ihnen nicht mehr von der Seite rücken und Sie Tag und Nacht begleiten, bis die Arbeit getan ist und Sie am Ende gar noch den Nobelpreis dafür bekommen.«

»Machen Sie sich nicht lächerlich«, erwiderte Bendner und zog den Reißverschluss seiner Hose wieder hoch.

Auflösung: Sie werden sicher bemerkt haben, dass es sich bei Dr. Matthew um einen Historiker aus der Zukunft handelt, der mit einem mobilen Zeitumkehrer (Teilchenbeschleuniger) um den Bauch ausgestattet ist, dessen zukünftige Entwicklung Bendner in seiner Stockholmer Rede prophezeit hatte. Die Geschichte wird folgerichtig rückwärts erzählt, beginnend an ihrem Ende und fortschreitend zu ihrem Anfang, weil die Zeit in Matthew's Nähe immer rückwärts läuft.

Das führt zwangsläufig zu einem Paradoxon, weil sich die beiden Personen zweimal kennenlernen (in Stockholm und am „Ende" bei der Personalzuteilung), obwohl sie sich, folgt man der Logik der Geschichte, in beiden Fällen schon kennen müssten. Ich habe dieses Paradoxon sprachlich gelöst, indem ich beide Kennenlern-Situationen so formulierte, dass beides möglich ist: Sie kennen sich schon oder eben auch nicht.

Herausgekommen ist eine Geschichte, die Sie Kapitel für Kapitel in beide Richtungen lesen können. Sie funktioniert von „vorne nach hinten" ebenso wie von „hinten nach vorne", genauso wie Bendner's Vorname: *Otto*.

Ich hoffe, sie hat Ihnen Spaß gemacht.

Thomas Dellenbusch

Der Matrjoschka-Code

Eine Frau wacht auf einer Bank mitten im Wald auf. Sie ist völlig orientierungslos, weiß nicht, wo sie ist, wie sie dahin gekommen ist, ja noch nicht einmal, wer sie ist. Sie sucht einen Weg aus dem Wald, bevor es dunkel wird. Dabei stößt sie auf einer Lichtung auf die Hütte des alten Hein Butt, der ihr helfen könnte ...

Sie wachte auf einer Holzbank mitten im Wald auf und wusste nicht, wo sie war oder wie sie dorthin gekommen ist. Dieses Gefühl, sich erst orientieren zu müssen, war ihr nicht unbekannt. Nach ein oder zwei Sekunden setzte normalerweise das volle Wachbewusstsein wieder ein.

Doch diesmal war es anders.

Es kam nicht.

Sie richtete sich auf. Das noch vorhandene Tageslicht begann bereits blass zu werden, und die Frau nahm an, dass es später Nachmittag war. Die Bank stand am Rande eines ausgetretenen, lehmigen Pfades. Um sie herum entdeckte sie nichts, was zu ihr gehören könnte. Sie trug einen blauen und sauberen Hosenanzug und darüber einen langen Mantel. In ihrem Kopf pochte es. Sie rieb sich die Schläfen und strengte sich an, sich an irgendetwas zu erinnern.

Aber da war nichts.

Vorsichtig stand die Frau auf. Sie fühlte sich schwach. Als ihre Beine sie tragen sollten, begannen sie zu zittern. Aber sie wollte nicht an diesem Ort bleiben. Sie musste etwas Vertrautes oder zumindest einen anderen Menschen finden, um die Orientierung, besser noch ihre Erinnerung, wieder zu erlangen. Sie entschied sich dafür, dem Pfad in rechter Richtung zu folgen. Mit jedem Schritt kamen Kraft und Sicherheit in ihren Körper zurück. Wie lange hatte sie bloß auf dieser Bank geschlafen? An jeder Kreuzung oder Weggabelung entschied sie sich intuitiv für eine der möglichen Richtungen, denn nichts erschien ihr vertraut und nirgends entdeckte sie Anhaltspunkte, die ihr eine bestimmte Richtung aussichtsreicher erscheinen ließen.

So nahm sie mal den linken, mal den rechten und ein anderes Mal den geradeaus führenden Pfad. Nach einer Stunde war ihr immer noch niemand begegnet. Das Einzige, was sie begleitete, war das Gezwitscher der Vögel in den Wipfeln und das Rascheln der Blätter, die von einem leichten Wind in Bewegung gehalten wurden. Es begann schon dunkel zu werden, und sie hoffte inständig, rechtzeitig auf einen Menschen, eine Siedlung oder wenigstens auf eine Hütte oder dergleichen zu treffen, bevor sie überhaupt nichts mehr sah.

Die Frau sollte Glück haben, denn sie stieß bald auf eine kleine Abzweigung. Ein schmaler Nebenpfad führte vom Hauptweg ab durch eine Baumgruppe, hinter der sie eine kleine Lichtung vermutete. Von dort nämlich flackerte ein schwaches gelbes Licht zu ihr herüber. Also bog sie vom Hauptweg ab und steuerte darauf zu.

Tatsächlich erblickte sie hinter der natürlichen Palisade aus Bäumen eine kleine Lichtung, in deren Mitte eine einfache Blockhütte stand. Diese Hütte erinnerte sie an jene, die sie von Fotografien kanadischer Blockhütten kannte, und sie freute sich darüber, dass es wenigstens überhaupt etwas gab, an das sie sich erinnerte. So keimte in ihr die Hoffnung auf, dass ihr Erinnerungsvermögen nicht gänzlich abhandengekommen war und sicher bald wieder einsetzen würde. Ein dünner Rauchfaden stieg aus dem Schornstein auf, und aus dem einzigen Fenster neben der Türe drang Licht. Jetzt erst bemerkte sie, wie hungrig und durstig sie war.

Als sie die Hütte erreichte, atmete sie einmal kräftig durch und klopfte an die Tür. Aus dem Inneren vernahm sie langsame und schlürfende Schritte. Die Tür wurde geöffnet, und sie stand einem alten Mann gegenüber, der bestimmt schon über 80 Jahre zählte. Zumindest war das ihr erster Eindruck, denn sein Gesicht war faltig und ledrig. Sein Haupt bedeckte schlohweißes, wenn auch volles, aber ungekämmtes Haar. Ferner zierte ihn ein ebenso weißer wie buschiger Schnurrbart, dessen Länge deutlich über seine Mundwinkel hinaus ragte. Was jedoch für einen so alten Mann eher ungewöhnlich erschien, waren seine Größe und seine Haltung. Er überragte sie um mindestens zwei Kopflängen, und er stand kerzengerade, so als stünde sein Körper in der Blüte seiner Kraft. Der Alte trug eine blaue Latzhose über einem rot karierten Hemd, dessen Ärmel hochgekrempelt waren. Seine ganze Erscheinung strahlte Kraft und Vitalität aus.

Er begrüßte die Frau freundlich.

»Guten Abend. Welch später Besuch für den alten Hein. Kommen Sie! Kommen Sie doch herein.«

Ihre Unsicherheit verschwand, und ein Gefühl der Erleichterung breitete sich aus. Der alte Mann trat zur Seite, so dass sie die Hütte betreten konnte. Diese bestand nur aus einem einzigen großen Raum. An der gegenüberliegenden Wand war eine Anrichte mit einer großen Wasserschüssel darauf. Daneben stand ein alter schwarzer gusseiserner Ofen, in dem ein Feuer züngelte. Am linken Ende des Raumes stand ein Bett und zu ihrer Rechten, vor dem Fenster, stand ein einfacher rechteckiger Holztisch mit zwei Stühlen davor und einer Bank dahinter.

Die einzige Lichtquelle des Raumes hing über eben

diesem Tisch, eine Petroleumlampe hinter bauchigem Glas.

»Bitte setzen Sie sich«, ergriff der alte Mann das Wort.

»Was machen Sie denn noch so spät hier im Wald?«

Die Frau setzte sich auf die Bank.

Mit dem Rücken zur Wand.

»Ich habe mich verlaufen. Glaube ich.«

Ihr Gastgeber ging zu dem Ofen, auf dem eine schwere Kanne stand. Es stieg bereits Wasserdampf aus ihrem Schnabel. Er öffnete eine Tür der Anrichte und holte zwei Tassen und ein kleines Sieb hervor.

»Verlaufen?«

»Ja.«

Er nahm die Kanne und goss durch das Sieb dunklen Tee in beide Tassen.

»Wo müssen Sie denn hin?«

Sie seufzte.

»Um ehrlich zu sein, ich weiß es nicht.«

»Sie wissen es nicht?«

»Nein, eigentlich weiß ich überhaupt nicht, wo ich bin. Ich bin vor etwa einer Stunde auf einer Bank mitten im Wald aufgewacht, und ich kann mich nicht daran erinnern, wie ich dorthin gekommen bin oder wo ich bin.«

Der Alte kam mit den beiden Tassen zum Tisch und setzte sich auf einen der beiden Stühle. Eine Tasse stellte er zu ihr, die andere führte er zum Mund und pustete in die heiße Flüssigkeit.

»Das ist aber merkwürdig«, murmelte er.

»Können Sie mir sagen, wo ich bin und wie ich in die nächste Stadt komme?«

Der Mann nahm einen vorsichtigen Schluck, und sie tat es ihm gleich. Es war ein kräftiger und wohlschmeckender Kräutertee, der sie herrlich von innen wärmte.

»Sie sind mitten im Freiländer Wald, und zu Fuß sind es von hier mindestens sechs Stunden bis zum Schilderhof und weitere zwei Stunden bis Fahrhaus.«

Die Frau erschrak ob der Bedeutungslosigkeit, die die Namen für sie hatten. »Freiländer Wald? Fahrhaus? Das sagt mir alles nichts«, erwiderte sie.

»Himmel, Sie hat es aber ordentlich erwischt. Der Freiländer Wald ist das größte zusammenhängende Waldgebiet in der Westmark, und Fahrhaus gehört zur Gemeinde Reusenburg, etwa 80 Kilometer südwestlich der Hauptstadt Windock.«

Sie sah ihn traurig an und schüttelte langsam den Kopf. Nichts von alledem sagte ihr etwas. Nichts rief auch nur den Hauch einer Erinnerung hervor.

»Wissen Sie denn wenigstens, wer *Sie* sind und wo Sie leben?«

Er stellte diese Frage in einem Tonfall, aus dem seine Zweifel schon herauszuhören waren. Wieder schüttelte sie langsam und traurig den Kopf, und der alte Mann rieb sich das Kinn.

»Haben Sie Hunger?«

Diesmal nickte sie.

Er stand auf, holte zwei Messer aus der Anrichte und legte sie auf den Tisch. Danach öffnete er eine Falltür im Boden, die ihr bis jetzt nicht aufgefallen war, und stieg eine Leiter hinab. Kurz darauf kam er mit einem Laib Brot und einem größeren Stück Schinken wieder hinauf.

»Ich bin übrigens Heinrich Butt«, sagte er, während er beides auf den Tisch legte und sie mit einer Geste aufforderte, sich von Brot und Schinken zu schneiden.

»Aber seit ich denken kann, nennt man mich Hein.«

»Angenehm«, erwiderte sie mit vollem Mund.

»Es macht keinen Sinn, mitten in der Nacht nach Fahrhaus zu wandern«, fuhr er fort. »Erst recht nicht in ihrem Zustand völliger Orientierungslosigkeit. Heute Nacht können Sie auf dieser Bank schlafen, und morgen sehen wir weiter.«

Sie nickte als Zeichen dankbaren Einverständnisses.

Eine Zeit lang aßen die beiden schweigend Brot und Schinken, und in Heinrich Butts Gesicht war es unschwer zu erkennen, wie es in ihm arbeitete. Plötzlich ergriff er wieder leise das Wort.

»Haben Sie vielleicht irgendetwas in Ihren Taschen, was uns helfen könnte?«

Die Frau schaute überrascht auf.

»Ich habe noch nicht nachgesehen. Sie haben recht. Auf die Idee hätte ich auch selber kommen können.«

Sie tastete sich zunächst ab und griff dann in ihre Mantel- und Hosentaschen. Nur in der Innentasche des Mantels wurde sie fündig. Sie ertastete eine Fotografie, zog sie heraus und legte sie auf den Tisch. Das Bild zeigte das Porträt einer alten und sehr dicken Frau.

Im flackernden Licht der Petroleumlampe sahen beide auf das Bild. Dann sahen sie sich in die Augen.

»Kennen Sie sie?«, fragte Hein Butt.

Die Frau sah wieder auf die Fotografie, rieb sich dabei

ihre Unterlippe zwischen Daumen und Zeigefinger und dachte nach.

»Ja«, sagte sie nach einigen Sekunden langsam.

»Ich erinnere mich an das Gesicht. Es ist … es ist …«

»Ja?«

»Emmi! Es ist Emmi!«, platzte sie plötzlich heraus.

»Und wer ist Emmi?«

»Emilie van den Bos. Emmi ist Emilie van den Bos. Das ist ihr eigentlicher Name. Warten Sie!«

Die Frau nahm das Foto in die Hand und drehte es in der Hoffnung um, dass auf der Rückseite vielleicht etwas geschrieben stand. Aber das war nicht der Fall.

Dann schloss sie die Augen und sprach langsam und leise weiter:

»Indonesien. Jakarta. Ich war in Jakarta. Ich war bei Emmi.« Dann unterbrach sie sich wieder.

»Indonesien ist aber sehr weit weg«, warf der Alte ein.

»Ja«, erwiderte sie, »und es ist auch schon lange her, glaube ich. Moment noch.«

Sie dachte angestrengt nach. Dann fuhr sie fort.

»Emmi betrieb eine Gastwirtschaft. Emmis Schenke. Und ich war eine Zeit lang bei ihr. Ich weiß nicht, warum. Vielleicht arbeitete ich bei ihr. Ich weiß es nicht. Mir fallen plötzlich einige Details wieder ein.«

Dann begann sie zu erzählen, und die Worte kamen in einem monotonen und stetigen Fluss aus ihr heraus:

»Emmis Leben hatte keinen guten Start. Sie kam als kleines Mädchen mit ihren Eltern aus Holland nach Indonesien, und die Familie bezog zunächst ein kleines Zimmer über jener Schankwirtschaft, die später die ihre sein sollte. Nur wenige Wochen später starben ihre Eltern an einer infektiösen Krankheit, und Emilie war plötzlich Vollwaise in einer völlig neuen Welt ohne Zukunft. Die Wirtsleute nahmen sich ihrer an und zogen sie wie ihre eigene Tochter auf. Als Emmi 32 Jahre alt war, starb ihr Ziehvater und sechs Jahre später auch ihre Ziehmutter. Seitdem betrieb sie die Wirtschaft allein und nannte sie 'Emmis Schenke'. Ich erinnere mich jedoch nur an die alte Emmi. Als ich dort war, war Emmi bereits Anfang sechzig, und neben ihrer direkten und zupackenden Art war das Augenfälligste an ihr ihre enorme Leibesfülle. Sie trug stets ausladende knallbunte Kleider, unter denen man nicht ausmachen konnte, wo ihre Brüste aufhörten und ihr Bauch begann. Ich sehe sie jetzt richtig vor mir. Emmi bewegte sich nur mit einem dicken schwarzen Stock durch die Tische und Bänke, dessen silberner Knauf fast vollständig unter dem Teller ihrer fleischigen Hand verschwand. Manchmal kam es sogar vor, dass sie den Stock benutzte, um zwei Streithähne mit Schlägen unter dem tosenden Beifall aller Anwesenden auf die Straße zu treiben.

Ja, Emmi war eine Institution zu jener Zeit in Jakarta, und ich kann mich an niemanden erinnern, der es gewagt hätte, ihr ernsthaft Widerworte zu geben oder Widerstand zu leisten, denn sie stand unter dem gemeinschaftlichen Schutz aller Seeleute, die in ihrem Haus verkehrten. Hätte ein betrunkener Radaubruder Hand gegen sie erhoben, er wäre noch an Ort und Stelle geteert und gefedert worden.

Für alle war Emmi Mutter, beste Freundin und oberste Richterin in einer Person. Ihr Ruf als Köchin erstreckte sich bis in die entferntesten Häfen. Emmi tröstete Liebes- und Heimwehkranke. In wichtigen Angelegenheiten konnte sie einen ebenso überraschenden wie nützlichen und folgerichtigen Rat erteilen. Und sie war unter den Seeleuten in Jakarta die unumstrittene wenn auch inoffizielle oberste Richterin. Wann immer unter Matrosen ein Streit zu schlichten war, hielt man regelmäßig in Emmis Schenke eine eigene Verhandlung unter ihrem Vorsitz ab. Ihre Urteile hatten unter den Seeleuten noch mehr Gewicht als die Urteile offizieller Gerichte, denn Emmis Urteile waren von einer salomonischen Weisheit, dass es selbst den Betrunkenen oft den Atem verschlug, nachdem ihr Spruch im Raume verhallt war.«

»Das ist gut«, sagte Hein Butt.

»Sie erinnern sich. Erzählen Sie weiter. Wer sind Sie?«

Sein weiblicher Gast sah ihn sorgenvoll an.

»Ich weiß nicht. Ich kann mich nicht sehen. Ich sehe nur Emmi und die Schenke. Ich sehe Matrosen, Tische und Stühle. Aber ich kann mich nicht daran erinnern, was ich dort machte. Aber ich weiß, dass Emmi mich ganz besonders ins Herz geschlossen hatte. Es war eine Art mütterliche Zuneigung mir gegenüber. Ich muss viel jünger als heute gewesen sein. Vielleicht Anfang zwanzig. Ich erinnere mich beispielsweise ziemlich deutlich an einen brütend heißen Sommertag, als mir Emmi ihre Lebensgeschichte offenbarte. Die Schenke war fast leer, und wir saßen zusammen an einem der vielen Tische. Ich hatte meinen ganzen Mut zusammengenommen und sie gefragt, ob sie immer alleine gewesen war. Hast Du denn niemals Dein Herz an jemanden verloren, hatte ich sie gefragt. Sie senkte ihren Blick und erzählte mir von ...«

Ihre Augen wanderten unruhig von links nach rechts, so als suche sie auf den Stühlen oder auf dem Boden nach dem Namen. Dann fiel er ihr wieder ein.

»Ole! Ole Erikson. Sie erzählte mir von Ole Erikson, ihrer großen Liebe.«

Hein Butt stand auf und holte die schwere Teekanne, um beide Tassen wieder aufzufüllen. Dabei fragte er:

»Wer ist dieser Ole? Kennen Sie ihn?«

»Nein, ich sehe kein Gesicht dazu. Emmi hat ihn kennengelernt, als sie selbst erst 25 Jahre alt war. Das war lange vor meiner Zeit, lange, bevor ich geboren wurde. Emmi erzählte, dass sie sich in ihn verliebte, obwohl er damals deutlich älter war als sie. Ich glaube, er war schon über 40. Aber seine Erscheinung hob sich deutlich von den anderen ab. Er war kein Matrose. Das war für jeden sofort erkennbar. Er war ...«

Sie stockte und versuchte, sich zu erinnern.

»Ja, er war ein Professor. Ein Professor aus Norwegen. Er verbrachte damals seinen ersten Urlaub in Indonesien und stellte dabei fest, dass er mit dem hiesigen Klima arg zu kämpfen hatte. Wäre er nicht Emmi begegnet, wäre das wohl auch sein letzter Urlaub dort gewesen. Emmi war zu der Zeit ein schlankes und sehr hübsches Mädchen, und viele Männer drehten sich nach ihr um. Sie aber verfiel diesem Ole Erikson und er ihr. Und nach seinem vierten Besuch in Jakarta flog sie mit ihm in seine Heimat.«

In dem Moment erschrak die Frau und sprang von der Bank auf, auf der sie gesessen hatte.

Hein Butt bemerkte ein Flackern in ihren Augen.

»Was ist los?«, sprach er sie an.

»Flugzeug«, stammelte sie leise.

»Die beiden sind geflogen. Ich bin auch geflogen. Ich erinnere mich.«

»Wann sind Sie geflogen? Wohin?«, fragte er.

»Ich weiß es nicht. Aber ich habe das Gefühl, es ist noch nicht lange her. Da ist ein Flugzeug in meinem Kopf. Es war gerade erst. Gestern. Bin ich gestern geflogen?«

Sie machte einige Schritte in die Mitte des Raumes und klopfte sich dabei immer wieder mit der Faust an den Kopf, so als wolle sie die Erinnerung an sich selbst aus ihm heraus klopfen. Hein Butt lehnte sich in seinem Stuhl zurück und sah ihr dabei zu. Dann sagte er:

»Kommen Sie, setzen Sie sich wieder und erzählen Sie weiter. Dann kommt Ihre Erinnerung schon von alleine wieder. Ich glaube, wir sind auf einem guten Weg.«

»Sie haben Recht«, sagte sie und setzte sich wieder an den Tisch. Dann flossen ihre Worte wieder so monoton aus ihr heraus wie zuvor:

»Ole war Professor an der nördlichsten Universität der Welt, in Tromsö, in Nordnorwegen.«

Dann unterbrach sie sich erneut.

»... nicht Indonesien. Indien ist es. Das Flugzeug, mein Flugzeug, steht in Indien.«

»Das hilft uns jetzt nicht weiter«, erwiderte der alte Mann etwas genervt. »Wir sind hier in der Westmark und Indien ist weit weg. Wenn Sie weiter erzählen, kommen Ihnen vielleicht konkretere und aktuelle Erinnerungen zurück.«

»Ja, vielleicht. Entschuldigen Sie bitte. Also, Emmi fand

sich plötzlich 400 Kilometer nördlich des Polarkreises wieder. Und das, obwohl sie doch ihr ganzes Leben in Indonesien aufgewachsen war. Wenigstens war der Zeitpunkt gut gewählt. Sie erreichten Tromsö im August. Da war es verhältnismäßig warm. Sie war natürlich froh, dass sie nun immer mit Ole zusammen sein würde, aber ihr graute vor dem Winter.

Sie bezogen Oles Dienstwohnung in der Universität, und es gab für sie auch schöne Seiten der Stadt. Tromsö ist zum Beispiel sehr jung. Also ich meine damit die Bevölkerung. Jeder zehnte Einwohner war Student, und es waren viele Ausländer darunter.

Der Großteil der ausländischen Studenten kam aus Russland, dann natürlich auch viele Skandinavier. Die drittgrößte Gruppe waren die Deutschen, aber es waren auch sehr viele Holländer in Tromsö. So bekam sie, selbst noch jung, schnell Kontakt zu anderen gleichaltrigen Menschen.

Im Frühsommer, wenn die Sonne nicht untergeht, hatten die Kneipen rund um die Uhr geöffnet. Sie genoss das sehr. Die Wintermonate jedoch übertrafen ihre schlimmsten Befürchtungen. Monatelang war es selbst mittags düster. Wenn Wolken am Himmel waren, war es mittags sogar stockdunkel, so als wäre es mitten in der Nacht.

Und von Ole hatte sie leider nicht soviel, wie sie sich erhofft hatte. Er unterrichtete, und wenn er nicht unterrichtete, war er mit Forschungsarbeiten beschäftigt, und wenn er nicht forschte, war er für seine Studenten da. Und so hatten sie kaum Zeit für sich. Ole spürte ihren zunehmenden Missmut und machte sich Sorgen. Zu Recht, wie sich später noch herausstellen sollte, aber ich will nicht vorgreifen.

Zu ihrem ersten Geburtstag in Norwegen organisierte Ole eine Party. Er lud ein paar seiner Freunde ein und sie jene Studenten, mit denen sie sich angefreundet hatte.

Aber das war keine Party, wie sie sie sich vorgestellt hatte. Alle saßen herum, tranken etwas, unterhielten sich und aßen Knabbergebäck.«

Sie hielt inne, nahm noch einen Schluck von dem kräftigen Tee und legte ihren Zeigefinger nachdenklich an ihre Schläfe. Dann sagte sie:

»Da war dann unter den Gästen dieser Klimaforscher aus Deutschland. Er sah sehr gut aus und hatte ein sehr charmantes und einnehmendes Wesen. Als die beiden zusammen auf der Couch saßen, kamen sie ins Gespräch. Je länger dieses dauerte, desto mehr bemerkte er ihre heimliche Einsamkeit. Und als sie ihm sagte, dass sie beispielsweise noch nie in einem Kinofilm gewesen war, obwohl es auch ein Kino in Tromsö gab, horchte er auf und wurde ganz energisch. Der Mann holte sich von Ole die Erlaubnis, Emmi am darauffolgenden Samstag ins Kino einzuladen. Hans, ich glaube, so hieß der Deutsche, fragte sie dann, ob sie denn auch wüsste, wer er sei.

Sie verneinte, und er behauptete dann, der Urenkel des Hollywoodgründers zu sein. Emmi sah ihn fassungslos an, aber er hatte recht.«

Hein Butt stand leise auf und legte etwas Holz in das fast erloschene Ofenfeuer. Das erneute Auflodern der Flammen tauchte den ganzen Raum sofort in ein kräftiges und tiefes Rot, das sich im Metall der an der Decke hängenden Töpfe und Pfannen widerspiegelte.

Das erschrak die Frau auf der Bank, denn der Alte hatte nur zwei kleine Scheite nachgelegt. Sie schaute intuitiv aus dem Fenster, so als ob sie da draußen etwas vermutete, was für diesen unnatürlich kräftigen roten Schein verantwortlich gewesen sein könnte. Aber sie konnte nichts entdecken. Sie vermutete, dass ihre müden Augen ihr einen Streich gespielt hatten, denn inzwischen hatte der Schein des Feuers wieder eine vertraute und natürliche gelbe Farbe angenommen. Der alte Mann setzte sich wieder auf seinen Stuhl und sie fuhr fort.

»Also, Hans' Urgroßvater war dieser Carl Laemmle, der Gründer und langjährige Chef der Universal Studios. Geboren wurde Carl freilich in Deutschland, aber er wanderte nach Amerika aus. Genauer gesagt nach Oshkosh, einer kleineren Stadt bei Chicago. Dort brachte er es dank des Zusammenhalts der dort lebenden Deutschen und dank seiner peniblen kaufmännischen Vorbildung aus dem Schwabenland bis in die Position des Geschäftsführers einer Firma. Es dauerte kaum 15 Jahre, und er war ein sehr wohlhabender Mann.

Regelmäßig besuchte er Chicago, und dort lernte Carl eines Tages auch einen Mann namens Manuel Becker kennen. Becker war vor einigen Jahren aus Philadelphia nach Chicago gekommen. Diese Begegnung veränderte nicht nur Carls Leben, sondern, wenn Sie so wollen, auch die Welt. Becker war ganz erpicht darauf, seinem neuen Freund Carl zu zeigen, womit er sein Geld verdiente.

Eines Abends nahm er ihn in seiner Kutsche mit in die

Jefferson Street und steuerte dort eine alte Gründerzeit-Villa an. Das Haus existiert übrigens immer noch. In ihm ist heute das Chicago Civil War Museum untergebracht. Aber damals besaß Manuel Becker einen größeren Versammlungsraum im Erdgeschoss, den ehemaligen Salon. Und in diesem Salon betrieb Manuel Becker ein sogenanntes Nickelodeon. Das waren die ersten stationären Filmtheater, die es gab. Abends kamen die Besucher und füllten den Saal, begierig darauf, laufende Bilder zu sehen. Der Eintritt kostete damals fünf Cent. Daher auch der Name. Eine 5-Cent-Münze nannte man einen Nickel, und das griechische Wort Odeon bedeutet eigentlich 'überdachtes Theater' - also ein Nickelodeon.«

Die Worte sprudelten plötzlich nur so aus ihr heraus, und Hein Butt schien sich nicht im Geringsten darüber zu wundern. Er hörte ihr einfach aufmerksam zu. Die fremde Frau in seiner Hütte freute sich darüber, dass ihre Erinnerungen an Emmis Geschichte immer deutlicher und klarer wurden. Sie hoffte, dass dieser Faden nicht riss und dass er sie am Ende zu sich selbst führen würde.

Also erzählte sie schnell weiter.

»Die Filme dauerten in der Regel eine Stunde und wurden akustisch von einem Pianospieler begleitet, den Becker bezahlte. Der Tonfilm war ja noch nicht erfunden. Carl konnte sich nicht sattsehen an dieser Kunst. Er blieb direkt für beide Vorstellungen, die an diesem Abend gegeben wurden, und als er zurück nach Oshkosh fuhr, war es um ihn geschehen. Die Leidenschaft für den Film hatte ihn gepackt. So oft es ihm seine Arbeit und seine

Zeit erlaubte, besuchte er Chicago. Manchmal blieb er mehrere Tage hintereinander bei Becker. Die Chicagoer Bürger, aber auch die Arbeiter, strömten in Scharen Abend für Abend in die Filmtheater, und Becker konnte gut von all den Nickels leben.

Als Carl Laemmle eines Tages sein Hotelzimmer in Chicago verließ, um sich auf den Weg in die Jefferson Street zu machen, wurde er vom Portier an der Rezeption aufgehalten. Er händigte ihm eine Nachricht von Manuel aus, dass etwas passiert sei und er möge ihn bitte nicht im Nickelodeon, sondern an einer bestimmten Stelle am Ufer des Chicago River treffen. Dort würde er auf ihn warten.

Am Fluss angekommen gingen die beiden Freunde eine zeitlang stillschweigend nebeneinander her. Carl wollte seinem Freund die Zeit geben, die Worte zu finden, nach denen er suchte. Er wollte nicht drängeln. Dann aber blieb Becker stehen und erklärte, das Nickelodeon aufgeben zu müssen. Carl Laemmle war sehr überrascht, denn das Nickelodeon lief auch wirtschaftlich sehr erfolgreich.

Aber das war nicht der Grund.

Becker wollte zurück nach Philadelphia. Sein Bruder hatte ihm telegraphiert, ein Martin Smith sei gestorben. Als Carl seinen Freund fragte, in welcher Beziehung er zu diesem Martin Smith gestanden habe, dass er wegen dessen Tod hier alles aufzugeben gedachte, antwortete dieser ihm, Martin Smith abgrundtief gehasst zu haben.«

Seit geraumer Zeit schon wurde ihre Erzählung immer wieder von einem ungeduldigen Miauen gestört. Sie hielt inne und schaute sich suchend um. Dann endlich stand

Hein Butt auf und öffnete die Tür einen kleinen Spalt. Mit einem offensichtlich verärgerten Mauzen schlich eine Katze in die Stube. Bis auf eine kleine graue Stelle am Hals glänzte ihr Fell in einem tiefen Schwarz. Zielstrebig ging sie auf den Ofen zu und kauerte sich auf den warmen Boden davor. Von der fremden Frau in ihrer Hütte nahm sie keinerlei Notiz.

»Entschuldigen Sie«, sagte Butt und setzte sich wieder zu ihr. »Bitte erzählen Sie weiter.«

»Manuel Becker erzählte seinem deutschen Freund von seiner Zeit in Philadelphia. Er war viereinhalb Jahre zuvor nach Chicago gekommen. Bis dahin hatte er als Tierpfleger im zoologischen Garten von Philadelphia gearbeitet, direkt am Schuylkill River. Er liebte seinen Job. Ganz besonders, weil Elisabeth Smith auch dort arbeitete. Und Elisabeth Smith liebte er noch mehr als seine Arbeit. Und sie liebte ihn. Sie muss unglaublich schön gewesen sein. Manchmal glaubte er, dass es Zoobesucher gab, die den Eintritt nur bezahlten, um sie zu sehen.

Die beiden richteten es oft ein, sich über den Weg zu laufen, und wenn sie ihm dabei zuzwinkerte, versüßte ihm das den Tag so sehr, dass aller Verdruss von ihm abfiel. Manchmal geschah es sogar, dass sie im gleichen Gehege beschäftigt waren und sich dabei wie zufällig berührten. War ein zugezwinkertes Auge von ihr schon wie Ambrosia für ihn, so hätten diese Berührungen ihn fast um den Verstand gebracht. So ging das fast zwei Jahre lang. Sie hätten ein glückliches Paar sein können, so wie es Gott gefallen würde. Aber Gott konnte nicht gefallen, was sie da taten, denn Elisabeth Smith war verheiratet mit

Martin Smith. Darum waren ein Zuzwinkern und eine zufällige Berührung das Äußerste, was sie sich gestatten durften.

Manuel Becker hasste Martin Smith allein dafür, dass das seiner Ansicht nach ungerechte Schicksal sie ihn hat früher kennenlernen lassen. Oder gab es so etwas wie Schicksal, so etwas wie eine göttliche Bestimmung nicht? Und wenn es keinen solchen göttlichen Plan für zwei sich derart liebende gab, dann gab es für Manuel Becker auch keinen Gott. Dieser Gedanke reifte von Tag zu Tag immer stärker in ihm heran. Wenn es keinen Gott gäbe, waren die ganzen ehelichen Eidesformeln vor dem Traualtar null und nichtig. Alles, was zählte, wäre das Hier und Jetzt. Also musste etwas geschehen. Er nahm sich vor, mit Elisabeth zu reden.

Es war ein Mittwoch, als der zoologische Garten schon um vier Uhr nachmittags schloss. Das war einmal in der Woche notwendig, um alle Anlagen gründlich reinigen zu können. Die beiden wurden an diesem Tag zusammen für das Reptilienhaus eingeteilt, und dort würden sie mindestens drei Stunden ungestört sein.

Also fasste Manuel sich ein Herz. Er gestand ihr in einer flammenden Rede seine Liebe und sagte ihr auf den Kopf zu, dass er auch fest an die ihre glaubte. Er schilderte ihr seine Seelenqualen der letzten Monate, insbesondere seine Zweifel an Gottes Existenz, wenn dieser es zulassen könne, dass sich ihr beider Schicksal nicht erfülle.

Elisabeth riss sich von ihm los und flehte ihn an, auf keinen Fall mit diesen gotteslästerlichen Bemerkungen fortzufahren. Sie wolle nichts davon hören. Das sei reinste

Blasphemie. Er aber erwiderte ihr, dass er bereit wäre, sich auf der Stelle von Gott in die Hölle schicken zu lassen, wenn sie es über ihr Gewissen brächte, ihm hier und jetzt ins Gesicht zu sagen, dass sie ihn nicht über alles liebte.

Das war ihr nicht möglich, und sie sackte weinend zu Boden. 'Das kann ich nicht, das kann ich nicht', jammerte sie immer wieder. Dann fiel sie ihm um den Hals und schluchzte jämmerlich. Dann plötzlich bedeckte sie ihn mit Küssen. Sie schien völlig ihren Verstand verloren zu haben. Und es kam noch schlimmer. Sie nahm seine Hand und legte sie sich auf den Busen. Und dann brachen alle Dämme. In wenigen Sekunden waren beide nackt, und sie vereinten sich auf dem Boden des Reptilienhauses.

Heftig, wild und völlig von Sinnen.

Als sie wieder zu sich kamen, waren sie erleichtert und glücklich, ja auch ein wenig von dieser Welt entrückt.

Aber es sollte nur wenige Minuten dauern, bis die Nüchternheit wieder einsetzte. Denn dann fing sie an zu weinen. Immer wieder presste sie hervor: 'Martin wird Dich töten. Martin wird Dich töten.'

Manuel wehrte diese Befürchtung leichtfertig ab. Im Zorn sagten ja viele Menschen, dass sie jemanden umbringen könnten, aber so etwas wirklich zu tun, sei eine ganz andere Sache. Doch er wusste nicht, was Elisabeth wusste. Ihr Ehemann hatte schon einmal versucht, einen Menschen zu töten. Das Opfer hatte seinerzeit schwerste Verletzungen davon getragen, von denen es sich nie wieder erholte. Das war drüben in ...«

Plötzlich hielt sie inne. Ihr rechter Arm begann zu

schmerzen, und sie massierte ihn mit der linken Hand.

»Was ist los?«, fragte ihr Gastgeber.

»Ich weiß es nicht. Mir ist, als ...«, weiter kam sie nicht.

Sie sprang auf und stieß sich dabei an der Tischkante. Sie schaute sich hektisch um und ergriff dann die Hand des alten Mannes.

»Wie viel Uhr ist es jetzt?«, flüsterte sie ängstlich.

Hein Butt wurde stutzig, aber er zog seine Hand nicht aus ihrem Griff.

»Ich weiß es nicht. Die Zeit ist mir hier nicht wichtig.«

»Haben Sie mich nicht soeben unterbrochen und gesagt, es sei schon sechs Uhr in der Früh?«

Der Mann sah ihr prüfend in die Augen und erwiderte:

»Nein, das habe ich nicht. Setzen Sie sich wieder. Ich habe das Gefühl, der geheimnisvolle Knoten in ihrem Gedächtnis löst sich gerade und das ängstigt sie. Bleiben Sie dran. Geben Sie jetzt nicht auf. Erzählen Sie weiter.«

»Es ist also nicht schon sechs Uhr?«

»Nein, das glaube ich nicht. Dafür ist es draußen noch zu dunkel.«

Sie drehte sich um und schaute aus dem Fenster. Es war tatsächlich noch tiefe dunkle Nacht. Also beruhigte sie sich wieder, setzte sich auf ihre Bank und erzählte stockend weiter.

»Also, es war drüben in Plymouth, in Südengland. Sieben Jahre, bevor Martin und Elisabeth nach Amerika aufgebrochen waren. Martin war ein Taugenichts, aber er hatte ein sehr großes Talent, Beziehungen zu knüpfen, die ihm etwas brachten. Er schaffte es immer wieder, dass die Menschen ihn für etwas Außergewöhnliches hielten.

Hatte er sie erst einmal eingefangen, klebten sie an ihm und kamen nicht mehr los. Er entstammte einer einfachen Arbeiterfamilie. Sein Vater war Hafenarbeiter und sein Großvater auch. Martin wollte etwas anderes. Er wollte mehr aus sich machen, was ja im Grunde legitim und nichts Verwerfliches ist. Aber er wollte es nicht mit ehrlicher Arbeit tun. Er wollte ein reicher Lebemann sein, der nicht arbeiten musste, sondern die Tage so gestalten konnte, wie es ihm gefiel. Und der Weg, das zu schaffen, war es, sich in bessere Kreise zu bringen und sich dann aushalten zu lassen.

Er begann damit, sich mit dem Sohn eines Krämers anzufreunden. So kam er auch in Kontakt mit dessen Klassenkameraden. Seine große Gabe bestand darin, dass er entschied, wer sich seine Freundschaft wünschte und wer nicht. So wählte er sich von den Freunden des Krämersohnes den Sohn eines Buchhalters, sein neuer bester Freund sein zu dürfen. Über diesen wiederum kam er an den Sohn eines erfolgreichen Pferdehändlers, und der führte ihn zum Sohn eines Bankiers. So ging es immer weiter nach oben auf der gesellschaftlichen Skala.

Seinen seelischen Einfluss auf all diese Jungs benutzte er natürlich, um sich von ihnen aushalten zu lassen. Mit jeder gesellschaftlichen Hierarchiestufe wurden die Beträge natürlich auch größer, so dass Martin stets in der Lage war, sich standesgemäß so zu kleiden, dass es für jede nächsthöhere gesellschaftliche Treppenstufe auch angemessen erschien, sich mit ihm abzugeben. Elisabeth fiel genauso darauf herein, wie alle anderen. Das Schlimme daran war, dass er durch die Heirat mit ihr sogar rechtmäßig über Geld verfügte, denn ihr Vater, ein angesehener Ratsherr in Plymouth, hatte sie gut ausgestattet.

Obwohl Martin tagtäglich viel Geld für seine Unternehmungen und für sein müßiggängerisches Leben bezahlte, brachte er es dennoch irgendwie fertig, dass sein Vermögen stetig wuchs. Vermutlich wäre es immer so weiter gegangen, hätten die beiden nicht aus Plymouth fliehen müssen.

Martin hatte sich überhoben.

Was er mit dem jungen Middlesborough machte, war ein Schritt zu weit. Der Krug geht bekanntlich so lange zum Brunnen, bis er bricht.«

Sie hatte ihre Sicherheit wiedergefunden. Auch der Schmerz in ihrem Arm war verschwunden, und sie erzählte klar und flüssig weiter.

»Fergus Middlesborough war der Sohn von Lord Alfred Middlesborough und dieser war nicht nur unermesslich reich, sondern auch noch Mitglied des Houses of Lords, also des Oberhauses. Hier durfte sich Martin eigentlich keinen Fehler erlauben. Aber er machte diesen Fehler.

Fergus Middlesborough war inzwischen zu Martins bestem Freund avanciert und leistete ihm Nacht für Nacht Gesellschaft bei seinen Streifzügen durch die noblen Etablissements der Stadt. Beide in Smoking, langem Schal und Zylinder, wie es sich gehörte für zwei feine Herren der Gesellschaft. Eines Morgens dann erreichten die beiden nach einer durchzechten Nacht gemeinsam das Anwesen der Middlesboroughs. Das war ein kleines Schloss aus rötlichen Steinen am Mount Edgcomes.

Die Droschke entfernte sich, und die beiden wankten zum Hauptportal. Zu diesem Zeitpunkt war Martin Smith an der Spitze angekommen. Höher ging es nicht. Fergus wollte mit ihm in der schlosseigenen Bar noch etwas zu sich nehmen und ihn dann in einem der Gästezimmer unterbringen. Sie betraten die Eingangshalle. Das Personal war schon zu Bett gegangen und Fergus' Eltern auf einer Reise nach Schottland.

Der Reichtum, der Martin in dieser Nacht in die Augen sprang, muss ihn völlig schwindelig gemacht haben. Überall Figürchen, Lüster, Kerzenständer aus Gold, Silber und was weiß ich. Wertvolle Gemälde und Gobelins. Eine Vitrine mit teuerstem Schmuck im Salon.

In der Bar im Salon hatte Fergus seinen eigenen Safe. Dort verstaute er das Bargeld, das er noch bei sich führte. Dabei sah Martin, dass in dem Safe noch jede Menge Bargeld lag. Der Alkohol der Nacht tat sein übriges, und Martin glaubte in dem Moment, die größte Chance seines Lebens böte sich ihm dar. Er nahm einen der schweren Kerzenständer und schlug ihn Fergus von hinten mehrmals auf den Kopf, bis dieser blutend und bewusstlos zusammenbrach. Martin nahm alles Geld aus dem Safe, brach die Vitrine mit dem Goldschmuck auf und verschwand durch das Hauptportal in die Dunkelheit der Halbinsel.

Fergus wurde erst in der Frühe von der Dienerschaft entdeckt und sofort in ein Hospital transportiert. Die Polizei nahm schon schnell die Ermittlungen auf, aber Martins Identität blieb zunächst im Dunkeln. Das lag in der Hauptsache darin begründet, dass Fergus, als er nach einigen Tagen das Bewusstsein wiedererlangte, keinerlei Erinnerungsvermögen mehr hatte. Er wusste noch nicht einmal, wer er selber war. Er erkannte niemanden wieder, auch seine Eltern nicht. Er erinnerte sich an nichts. Körperlich wurde er wieder gesund, aber sie müssen ihm heute noch jeden Tag erklären, wer er ist und wo er ist. Ganz schlimm war das.

So dauerte es seine Zeit, bis die Polizei durch ihre Ermittlungen eine Beschreibung von Martin Smith zusammenstellen konnte. Seine Identität freilich kannten sie noch nicht, denn seinen richtigen Namen hatte er zuletzt nicht mehr benutzt. Als er aber in den Straßen mitbekam, dass man ihm dicht auf den Fersen sei, ist er mit Elisabeth verschwunden und über den großen Teich in weite Ferne geflohen.

Als Elisabeth Manuel Becker ihre Geschichte erzählt hatte, lag er neben ihr wie betäubt. Dann standen sie langsam auf, kleideten sich an und machten sich schweigend an ihre Arbeit im Reptilienhaus. Die Tage gingen ins Land, bis Elisabeth eines Tages nicht mehr zur Arbeit kam. Sie hatte gekündigt.

Manuel war am Boden zerstört, und ein paar Tage später übergab ihm der Postmeister des Zoos einen Brief ohne Absender. Er war von ihr. In ihm teilte sie ihm mit, dass sie schwanger sei. Sie könne und dürfe nun nicht mehr arbeiten. Sie müsse zu Hause bleiben und sich auf ihre neue Rolle als Mutter und vor allem auf die Niederkunft vorbereiten. Sie würde ihn nie vergessen, und auch er solle sie nie vergessen, aber sie würden sich nicht wiedersehen. Danach wollte Manuel nur noch weg. Weit weg von dem Ort, an dem Elisabeth lebte. Und so ging er nach Chicago.

Jetzt aber, als ihm sein Bruder telegrafierte, dass Martin Smith verstorben sei, wollte er zurück. Er nahm an, dass Elisabeths Kind das seine war. Und die war nun frei. Frei für ihn. Und daher hielt ihn nun nichts mehr in Chicago. Kein Nickelodeon und auch kein Freund.

Carl Laemmle hat seinen Freund Manuel danach lange und schweigend angesehen. Dann legte er ihm den Arm um die Schultern und machte ihm spontan den Vorschlag, das Nickelodeon zu übernehmen. Er kaufte es ihm ab. Er machte sich auf diese Weise ganz und gar selbständig. Er kündigte seine Stellung in Oshkosh und zog mit Frau und Kind nach Chicago. Dort kümmerte er sich ausschließlich um sein Filmtheater und das Filmgeschäft.

Und Carl Laemmle wäre kein so erfolgreicher Geschäftsmann gewesen, hätte er dieses Projekt nicht auch zum Erfolg geführt. Innerhalb kürzester Zeit besaß er sage und schreibe 50 Kinos. Und nur vier Jahre später gründete er bereits seine erste Filmfirma, die Independent Motion Picture Company.

Das war ein wohl kalkulierter Affront gegen den bisherigen Monopolisten in New York, die Motion Picture Patents Company. Diese bedrohte jeden aufkeimenden Konkurrenten mit teuren Lizenzklagen und hielt das gesamte amerikanische Filmgeschäft in einer Hand.

Da traf er eine goldrichtige Entscheidung. Er verlegte Wohn- und Firmensitz nach Kalifornien an einen Ort, den man übersetzt Stechpalmenwald nennt: Hollywood.

So weit weg war er für die MPPC nicht greifbar, außerdem waren dort die Löhne billiger, das Wetter beständiger und die Tage länger hell, was zu mehr Drehtagen in kürzerer Zeit führte. Er gründete dort die Universal Studios, die bis heute wohl zu den größten Filmstudios der Welt gehören. Viele andere erkannten die Vorteile dieses Ortes und machten es ihm nach. Und nur fünf Jahre später wurde schon die Mehrzahl aller amerikanischen Filme in Hollywood gedreht. Und der Urenkel dieses Mannes saß nun in Tromsö mit Emmi auf einer Couch und wollte sie in einen Kinofilm begleiten.«

Inzwischen drang das erste fahle Dämmerlicht des anbrechenden Morgens durch das Fenster in die Hütte. Die Frau, die sich so gut an diese Emmi auf der Fotografie erinnern konnte, wusste immer noch nicht, wer sie selber war und was sie mit Emmi zu tun hatte. Sie sah an ihrem Gastgeber vorbei in eine imaginäre Ferne. Sie sah traurig aus, als sie an das dachte, was jetzt kommen würde. Dann vollendete sie ihre Geschichte:

»Der Kinobesuch am darauffolgenden Samstag blieb nicht der einzige seiner Art. Mit der Zeit wurde es so etwas wie eine Tradition, dass die beiden sich gegenseitig ins Kino begleiteten. Überhaupt verbrachten Hans und Emmi mehr und mehr Zeit zusammen, gingen essen oder spazieren. Ole schien von alledem nichts zu bemerken. Vielleicht wollte er auch nichts bemerken.

Und es kam, wie es kommen musste. Eines Tages nach einem gemeinsamen Kinobesuch küssten Hans und Emmi sich. Es war in einer zugigen Häuserecke, und sie froren vor Kälte und Aufregung. Lange blieben sie in dieser Ecke stehen, eng umschlungen, so als hätten sie Angst davor, alles könnte vorbei sein, wenn sie weiter gingen. Sie hatten sich ineinander verliebt, und Emmis Beziehung zu Ole kühlte mit jedem Funken weiter ab, der sich zwischen Hans und ihr von nun an entzündete.

Natürlich wurde Ole irgendwann misstrauisch. Und wenn die Saat der Eifersucht einmal gesät ist, geht sie auch auf, und niemand kann mehr etwas dagegen tun. Er bohrte, sie bestritt. So ging das wochenlang, bis er eines Tages Hans zu einer Angeltour in einem kleinen Boot einlud.

Ich glaube, er wollte auf dem ruhigen Wasser, fernab aller Störfaktoren, in Ruhe mit ihm reden. Doch das Boot kam nie wieder zurück. Die beiden Männer auch nicht.

Nach einigen Monaten wurden sie für tot erklärt. Emmi ging zurück nach Jakarta. Sie hatte zwei gute Männer auf dem Gewissen. Das sollte für ein ganzes Leben reichen, dachte sie und blieb den Rest ihres Lebens allein. Sie starb an Herzversagen. Sie hatte sich zu viel Kummerspeck angefressen, sagte der Doktor.

Was geblieben ist, ist Emmis Schenke. Sie heißt heute immer noch so, wenngleich sie seitdem mehrere neue Besitzer hatte. Einmal, ein einziges Mal, so habe ich es mir erzählen lassen, habe mal einer versucht, den Namen zu ändern. Nur zwei Wochen später musste er aufgeben. Er hatte in dieser Zeit nicht einen einzigen Gast. Seitdem heißt das Haus wieder Emmis Schenke. Und das ist gut so.«

Ihre Tasse war leer. Brot und Schinken hatte sie beiseitegeschoben. Nun lehnte sie mit dem Rücken an der Wand und starrte den alten Hein an. Er war vom Zuhören müde geworden, das konnte sie sehen. Sein zerfurchtes Gesicht war blass, und seine Augenlider hatten sichtlich Mühe, seinen Blick nicht zu verhängen.

»Und? Was meinen Sie?«, fragte er.

»Wie, was ich meine?«

»Na, mit dem Jungen da. Der aus gutem Elternhaus. Dem dieser Martin fast den Schädel eingeschlagen hat. Könnte Ihnen vielleicht auch so etwas passiert sein? Das würde einiges erklären.«

»Woher soll ich das wissen, wenn ich mich an nichts erinnern kann? Gut möglich. Auszuschließen ist das nicht, aber es ist auch nicht sehr wahrscheinlich.«

»Warum nicht?«

»Nun, sollte eine solche Kopfverletzung der Grund für mein fehlendes Erinnerungsvermögen sein, dann muss sie schon eine ganze Weile her sein, denn wie Sie sehen, sieht man an meinem Kopf nichts. Keine Narbe oder so etwas. Also wenn, dann ist es lange her und sehr gut verheilt. Unnatürlich gut, würde ich sagen.«

»Hmmm«, brummte Hein.

»Und wenn es schon lange her ist, bin ich also auch schon so lange ohne Orientierung und Erinnerung, aber trotzdem ansonsten gesund, anständig gekleidet und wohlgenährt. Das kann nur bedeuten, dass sich jemand um mich kümmert, vermutlich schon seit Jahren. So, wie sich auch um den jungen Fergus Middlesborough jemand gekümmert hat für den Rest seines Lebens. Wie also komme ich ohne meine Aufsichtsperson auf eine Bank im Wald?«

»Sie haben recht«, sagte der Alte.

»Dann kommen Sie jetzt zurück!«

»Wie zurückkommen? Was meinen Sie damit?«

Der Alte antwortete nicht. Er senkte nur den Kopf.

»Ich zähle bis drei.«

»Wovon reden Sie?«

Die Frau stutzte, denn Heinrich Butt hatte soeben seine Lippen beim Sprechen nicht bewegt.

»Eins ...«

Er bewegte seinen Mund nicht.

»Zwei ...«

»Heinrich? Heinrich Butt?«

»Drei!«

Der Raum tauchte fast übergangslos in ein blaues Licht. Das Erste, was sie sah, war der Lumoschirm in der Decke über ihr, der es erzeugte. Und nur einen Augenblick später setzte auch ihr Wachbewusstsein wieder voll ein. Gerade noch rechtzeitig, um mitzubekommen, wie einer der beiden Securitykräfte die Nadel aus ihrer Armbeuge zog und der andere dieser indischen Drecksäcke die drei Neurodets hinter ihren Ohren und ihrer Stirn entfernte.

In ihrem Mund schmeckte es immer noch nach Blut von dem heftigen, aber zugegebenermaßen kurzen und erfolglosen Gerangel am Abflugterminal.

»Wir danken Ihnen sehr für Ihre überaus konstruktive

Mitarbeit, Miss Parker.«

Die Stimme, die sie ansprach, gehörte zu Mister Singh. Die kleine graue Applikation am Halsrand seiner pechschwarzen Uniform bedeutete, dass Singh im Rang eines Excoms stand, eines Executive Commander, der leitende Befehlshaber und Analyst dieser Einheit.

Gwyneth Parker transportierte streng geheime Konstruktionsdaten für eine neue Industrieanlage aus den Architekturstudios in Thailand über Indien nach London. Sie befanden sich auf einer kleinen Datenkugel in ihrem Filer und waren durch einen Code vor unbefugtem Zugriff geschützt.

»Also waren Sie erfolgreich, Singh?«, entgegnete sie mit einer Frage.

»Das werden wir jetzt feststellen, Miss Parker. Und danach dürfen Sie gerne unbehelligt mit dem nächsten Interjet nach London weiterfliegen.«

»Wann startet denn der Nächste?«

»Um fünf Uhr an Rampe 12.«

»Wie spät ist es jetzt?«

»Kurz nach zwei, Miss Parker.«

Also würde sie in knapp fünf Stunden zu Hause sein, wenn die Inder mit ihrer Arbeit erfolgreich gewesen waren. Zunächst jedoch blieb sie weiterhin an die Pritsche gebunden, damit die Prozedur notfalls wiederholt werden konnte, falls sie nicht erfolgreich verlaufen war.

Gwyneth sah sich kurz um.

Der Raum, in dem sie sie fixiert hatten, war nicht besonders groß. Vielleicht fünf, maximal sechs Meter im Quadrat. Der Durchgang zum Korridor war mit einem kräftig schimmernden dunkelroten Bioprot-Feld gesichert. Im Normalbetrieb schimmerte es nur blass orange, so dass der Durchblick von beiden Seiten möglich war, wie bei einem dünnen Seidentuch. Aber jetzt hatten sie den Lumofaktor auf fünf gestellt. So schimmerte das Bioprot in Dunkelrot, so dass niemand hindurchsehen konnte.

Auf einem Board stand ihr Filer, verschlossen in seinem Suitcase. Daneben war einer der beiden Helfer gerade damit beschäftigt, das Stativ ihres Scanners hochzufahren.

»Sie sind eine reiche Frau, Miss Parker«, ergriff Excom Singh wieder das Wort. »Ich kann mir sehr gut vorstellen, wieviel Currencies Sie bei N.O.D.F. im Jahr verdienen. Sie gehören immerhin zur Top-Elite, nicht wahr? Wie viele Filetransfer-Agenten gibt es wohl weltweit, die einen Code über ganze fünf Ebenen tief verstecken können? Eine Handvoll vielleicht? Respekt, Miss Parker.«

Der Code, von dem er sprach, war eine Art Passwort, das der Filer abfragte, um die Daten anzeigen zu können, hinter denen die Inder her waren. Er bestand allerdings nicht aus alphanumerischen Zeichen, sondern aus kontextbezogenen Geographiedaten. Das waren meist Gebäude oder Einrichtungen, die sich irgendwo auf der Welt befanden. Im Gegensatz zum 26stelligen Alphabet, kombiniert mit bestenfalls 10 Ziffern, galt ein Geocode angesichts von Abermillionen existierender Gebäude auf der Welt als unendlich viel sicherer. Singh holte das Suitcase mit dem Filer und kam auf Gwyneth zu.

»Um ehrlich zu sein, Miss Parker, hielt ich ihresgleichen bisher für ein bewusst gestreutes Gerücht. Mir selbst sind in meiner Karriere bisher nur sechs Agenten begegnet, die einen Level-4-Code verstecken konnten. Die meisten schaffen es nur auf drei. Möglicherweise bescheren Sie mir die Beförderung zum Divcom, Miss Parker.«

Die an die Pritsche gebundene Filetransfer-Agentin, kurz FTA, kannte den Code ihres Filers selber nicht. Er wurde in Thailand in einer sogenannten Mentalising-Prozedur in ihrem Gehirn versteckt. Dabei platziert man die einzelnen Stellen des Codes in Form verschiedener künstlich erzeugter Episoden im Unterbewusstsein des Agenten, die obendrein ineinander verschachtelt waren. Das Prinzip glich einer russischen Matrjoschka-Puppe. Nimmt man Ober- und Unterteil der Puppe auseinander, kommt eine nächste zum Vorschein und so weiter.

Die individuelle Fähigkeit des Agentengehirns, neue Synapsen bilden zu können, bestimmte, wie viele dieser Matrjoschka-Ebenen ein ausgebildeter Mentalist im Unterbewusstsein eines Agenten verstecken konnte.

Hinter dem Titanband, das ihren Arm an die Pritsche fixierte, ergriff Singh ihre rechte Hand. Allerdings nicht, um sich bei ihr für seine anstehende Beförderung zu bedanken, sondern um die Kuppe ihres Zeigefingers auf den Sensor ihres Suitcases zu drücken. Dessen zwei Schalenhälften surrten zur Seite und ermöglichten so den Zugriff auf den Filer. Singh holte ihn heraus, betätigte mit ihrer Fingerkuppe wiederum dessen Sensor und stellte ihn dann zurück auf das Board. Die Abdeckung des Filers fuhr auf. Das teure Triliumprisma brachte sich in Position, und der Filer lud den Projektionsmodus.

Noch leuchtete das exakt einen Quadratmeter große Projektionsareal nur in einem diffusen Grau senkrecht in der Luft. Normalerweise dauerte es nun zwei bis drei Minuten, bis das Bild erschien, je nach Baureihe des Filers. Bei ihrem Modell handelte es sich jedoch um den neuen 'Prios Century'. Der benötigte nur knapp 30 Sekunden, um die Luftschicht vor dem Filer mit ausreichend vielen Trilium-Atomen zu bombardieren. So lange, bis genügend Triliumargondioxid-Ketten entstanden waren, um dieses hauchdünne Projektionsareal trotz Zimmertemperatur in einem membranähnlichen Aggregatszustand zu halten, so dass der Filer auf eben diese Fläche projizieren konnte. Nach tatsächlich nur 30 Sekunden stand das Abbild des Login-Screens mit der kompletten Weltkarte senkrecht mitten im Raum.

»So, dann wollen wir mal sehen, Miss Parker«, ließ sich Singh vernehmen. Er nahm den Induktor und schickte dessen Laserpoint einmal kurz auf Indonesien.

Sofort zoomte die Karte auf und zeigte die Insel in voller Größe. Das wiederholte er mit der Gegend um Jakarta, mit Jakarta selbst und mit dem am Hafen liegenden Vergnügungsviertel. Mit jedem weiteren Zoom wurden mehr und mehr Einzelheiten erkennbar. Solange, bis die Vergrößerung ausreichte, damit das System die Bezeichnungen für jede Einzelheit einblenden konnte.

Straßen-, Fluß- und Gebirgsnamen, Hausnummern, Firmennamen, Verwaltungsgebäude, Lagerhäuser und so weiter. Der indische Excom verschob die Darstellung mit dem Induktor immer wieder von links nach rechts und von oben nach unten, bis er gefunden hatte, wonach er suchte: Emmis Schenke.

Ein kurzer Point auf das Gebäude, und in der oberen linken Ecke der Projektion erschien ein weißer Punkt in der Größe einer 5-Currency-Münze.

Das war die erste Stelle des Codes.

Wenig später ein zweiter Point auf die Universität von Tromsö und neben dem ersten weißen Punkt erschien ein zweiter.

Die zweite Stelle des Codes.

Danach pointete er noch auf das Chicago Civil War Museum und auf den Zoo von Philadelphia. Nun zeigte das Bild vier runde weiße Punkte nebeneinander. Kurz bevor Singh die fünfte Stelle des Codes mit einem Point auf das Schloss am Mount Edgcomes in Plymouth aktivierte, drehte er sich zu Gwyneth Parker um und sah ihr herausfordernd in die Augen. Diese zuckte zwar kurz resignierend mit ihren Mundwinkeln, hielt dem Blick aber stand.

Dann aktivierte Singh den fünften Point und die Karte verschwand. Stattdessen öffnete sich ein neuer Frame. In ihm starrte Singh auf das, was er zu finden gehofft hatte. Die Datei mit der Bezeichnung »NODF-TM3« und ein Menü mit zwei Befehlen: »Extract« und »Exit«.

Einer seiner beiden Mitarbeiter positionierte den Scanner vor der Projektion. Ein solcher Scanner mit Highspeed-Objektiv und einer eigenen integrierten Datenkugel stellte die einzige Möglichkeit dar, die Daten eines Filers zu kopieren. Zu diesem Zweck verfügten solche Scanner auch über einen modusgesteuerten Autoinduktor, der sicherstellte, dass Extrahierung und Scan absolut synchron erfolgten. Die Extrahierung einer Filerdatei war nichts anderes, als das automatische Abscrollen endloser Zeichen- und Zahlenkolonnen innerhalb des geöffneten Frames. Die Übersetzung der auf diese Weise gescannten Zeichenkolonnen durch geschulte Ingenieure kann bei größeren Datenmengen durchaus bis zu einem Jahr dauern. Der Receiver in London konnte die Daten natürlich ohne Zeitverlust übersetzen. Er stellte sie auch nicht als Zahlenkolonnen dar, sondern ganz normal als jene Berechnungen, Listen und 3D-Konstruktions-Animationen, die sich hinter den kryptischen Kolonnen verbargen. Aber zu jedem einzelnen Filer auf dieser Welt existierte exakt auch nur ein Receiver. Beide Geräte waren auf den gleichen Umfang der für sie hergestellten Datenkugel geeicht. Die Umfänge aller Datenkugeln der Welt unterschieden sich zwar nur im Nanobereich, aber für Filer und Receiver waren sie messbar. Die Datenkugel aus Gwyneth Parkers Filer wurde von keinem anderen Receiver gelesen als von jenem, der bei N.O.D.F. in London streng gehütet wurde.

Die Konstruktionsdaten größerer Industrieanlagen oder Waffensystemen waren seit der Einbeziehung extra-terrestrischer Elemente und Metalle derart komplex geworden, dass sie schon seit über 100 Jahren nicht mehr über das weltweite Datennetz verschickt werden konnten. Für ihren Transport waren daher enorm große Massenspeicher unerlässlich, von denen die Datenkugel die bisher kleinste gegenständliche Version darstellte. Sie war tatsächlich nur etwas größer als ein Hühnerei.

Singh startete die Extrahierung persönlich, und eine Zeitlang beobachteten alle Anwesenden im Raum das rasend schnelle Abspielen der endlosen Zeichen- und Zahlenkolonnen. Die Geschwindigkeit des Abspielens war so hoch, dass für das menschliche Auge nur 10 weiße parallel verlaufende Striche wahrnehmbar waren, die einfach nur bewegungslos nebeneinanderstanden.

Und trotz dieser Abspielgeschwindigkeit dauerte der gesamte Scan immerhin 50 Minuten. Was Gwyneth Parker dabei jedes Mal aufs Neue beeindruckte, war die Tatsache, dass der Scanner jedes einzelne Zeichen separat und scharf erfasste. Auch wenn es Monate, ja sogar bis zu einem Jahr dauern kann, aus diesen Kolonnen brauchbare Konstruktionsdaten zu rekonstruieren, lohnte sich der Aufwand trotzdem, den manche Staaten und die meisten Industriekonzerne mit dem Einsatz dieser Catch-Forces und der dazugehörenden Auswerteabteilungen betrieben.

Mit jedem Filetransfer-Agenten, den die Catch-Forces im internationalen Transitverkehr identifizieren und unter Neurohexatramin seines unterbewussten Codes berauben konnten, gewannen sie bis zu 10 Jahre Entwicklungszeit, um den Anschluss nicht zu verlieren.

Als der Scan beendet war, befreiten sie die Agentin aus ihrer fixierten Lage, und Singh behandelte sie fortan außerordentlich zuvorkommend und freundlich. Sie erhielt ihren Filer zurück. Ihn ihr vorzuenthalten und

N.O.D.F. das Knowhow der eigenen Architekturstudios damit komplett zu entreißen, war ohnehin nicht möglich. Nur wenige Tage nach einem Totalverlust würde sich ein anderer FTA auf einer anderen Route mit einer anderen Kugel für einen anderen Receiver von den Studios aus auf die Reise nach London machen. So lange, bis die Daten dort ankamen. Es ging den Catch-Forces nur darum, die Daten ebenfalls zu haben, um Entwicklungsrückstände zu minimieren.

Vor einhundert Jahren erfolgte daher der Transport der Daten durch ganze Security-Kompanien, die von ebenso großen und bewaffneten Einheiten abgefangen wurden. Für etwa eine Dekade bremste das die technische Entwicklungsgeschwindigkeit der Menschheit fast auf null ab. Seit dem Jahr 2052 jedoch erfolgte der Transport durch einzelne und inkognito reisende Filetransfer-Agenten. In diesem Jahr nämlich entdeckte das Team um einen gewissen Heinrich Butt, zunächst für Siemens, das Mentalising, also das Verstecken von ineinander verschachtelten Episoden mit den darin enthaltenen Gebäuden oder Einrichtungen im Unterbewusstsein eines Menschen. Kurz vor Ende des Jahrhunderts entdeckten die Chinesen dann das Auslesen dieser Synapsenregion unter Einsatz von Neurohexatramin in Verbindung mit einem an das jeweilige Agentengehirn angeschlossenen Transdeterminators.

Nun bestand schon seit über 50 Jahren ein scheinbar nie enden wollender Wettlauf der Mentalisten gegen die Catch-Forces der anderen Seite. Immer noch tiefere Verstecke gegen die ständig besser werdenden interpretatorischen Fähigkeiten der Analysten, den Excoms dieser Catch-Forces.

Singh hatte Recht. Heute gab es weltweit nur eine Handvoll FTA, die fähig waren, sich einen Level-5-Code in ihrem Unterbewusstsein verstecken zu lassen. Während anfangs nach der Entdeckung des Mentalisings ein einfacher Level-1-Code mehr als ausreichte, war heutzutage ein Level-3-Code schon internationaler Industriestandard. Wer als Filetransfer-Agent intellektuell über ein Level-2-Versteck nicht hinauskam, wurde bestenfalls als Kurier für die mittlere Führungsebene der öffentlichen Bau- und Verkehrsdezernate eingesetzt. Ein Level-4-Agent dagegen war für die meisten Excoms noch nicht zu knacken. Singh hatte nun einen Level-5-Code aus Parkers Gehirn auslesen können. Er musste verdammt gut am Transdeterminator sein.

Ein einsames Ausnahmetalent.

Und das war auch der Grund dafür, warum Gwyneth Parker sich von ihm mit ebensoviel Respekt und Anerkennung verabschiedete, wie er ihr entgegenbrachte.

Allerdings tat er ihr auch ein wenig leid, denn ihre Anerkennung wird vermutlich das Einzige sein, was er durch diese Begegnung gewann.

Die Spezialisten seiner Auswerteabteilung werden ihm schon nach wenigen Wochen eröffnet haben, dass er zusammenhanglosen Datenschrott gescannt hat.

Den sinnlosen Inhalt einer Sicherungsdatei, die dann angezeigt werden sollte, wenn beim Transdeterminieren der einzigen Level-6-Agentin der Welt in der vierten Ebene eine individuell erlernte und an Assoziationen gebundene Sicherheitsschleife in der fünften Ebene auf das falsche, nämlich das englische Plymouth und damit auf einen parallel angelegten und scheinbar nur aus fünf Stellen bestehenden Code verwies.

Danksagungen:

Ich bedanke mich besonders bei Petra und Michael Röder für ihre
unermüdliche Unterstützung und Mitarbeit. Ein besonderer Dank
gebührt auch Andreas Krumme für seine äußerst wertvollen
Anregungen zu »Der Nobelpreis« und »Der Matrjoschka-Code«
sowie Ines Seiffert für die ursprüngliche Inspiration.

Ferner geht ein herzlicher Dank für Anregungen und kritisches
Testlesen an Doris Brinster, Kerstin Düring, Robert Holzer, Ute
Knirsch, Thomas Körner, Alex Lauzon, Thomas Moder, Michaela
Müller, Thorsten Oertel, Tarek Shehab, Sandra Wunderli sowie an
meine Familie.

Ein spezieller Dank geht an Wolfgang Juntermanns, der das nach-
weislich erste Exemplar dieses Bandes besitzt.

Und last but not least geht mein ausdrücklicher Dank an den Drehbuchautor der »Lindenstraße«, Michael Meisheit, für sein schönes
Vorwort.

Thomas Dellenbusch
Hilden, im April 2013